ein Ullstein Buch

Ferner liegen vor
in der Reihe der
Ullstein Bücher:

Science-Fiction-Stories 1 (2760)
Science-Fiction-Stories 2 (2773)
Science-Fiction-Stories 3 (2782)
Science-Fiction-Stories 4 (2791)
Science-Fiction-Stories 5 (2804)
Science-Fiction-Stories 6 (2818)
Science-Fiction-Stories 7 (2833)
Science-Fiction-Stories 8 (2845)
Science-Fiction-Stories 9 (2853)
Science-Fiction-Stories 10 (2860)
Science-Fiction-Stories 11 (2873)
Science-Fiction-Stories 12 (2877)
Science-Fiction-Stories 13 (2883)
Science-Fiction-Stories 14 (2889)

Science-Fiction-Romane:
Jeff Sutton:
Die tausend Augen des Krado 1 (2812)
Sprungbrett ins Weltall (2865)
Samuel R. Delaney:
Sklaven der Flamme (2828)
Cyril Judd:
Die Rebellion des Schützen Cade
(2839)
Eric Frank Russell:
Planet der Verbannten (2849)
Larry Maddock:
Gefangener in Raum und Zeit (2857)
Bart Somers:
Zeitbombe Galaxis (2872)
Manly W. Wellman:
Insel der Tyrannen (2876)
Robert Moore Williams:
Zukunft in falschen Händen (2882)

Ullstein Buch Nr. 2888
im Verlag Ullstein GmbH,
Frankfurt/M — Berlin — Wien
Titel der amerikanischen
Originalausgabe:
NULL-ABC
Übersetzung von Heinz Nagel

Erstmals in deutscher Sprache

Umschlagillustration:
Schoenherr/Pyramid
Umschlaggraphik: Ingrid Roehling

Aus ASTOUNDING SCIENCE
FICTION, Febr./März 1953

Printed in Germany 1972
Gesamtherstellung:
Augsburger Druck- und
Verlagshaus GmbH
ISBN 3 548 02888 8

ULLSTEIN 2000

H. Beam Piper

NULL-ABC

SCIENCE-FICTION-Roman

Herausgegeben
von Walter Spiegl

ein Ullstein Buch

1

Chester Pelton zog seinen Bauch ein, so weit der Frühstücksstuhl dies zuließ. Geräuschlos rollte der Tisch aus dem Anrichteraum, begleitet von vielfältigen und äußerst appetitanregenden Gerüchen und Düften, und rastete vor ihm ein.

»Ist alles so in Ordnung, Miss Claire?« kam eine Stimme durch die Öffnung in der Wand zur Anrichte. »Wünschen Sie noch etwas?«

»Es ist alles nach Wunsch, Mrs. Harris«, antwortete Claire, die mit ihrem Vater und ihrem Bruder auf das Frühstück gewartet hatte. »Ich nehme allerdings an, daß Mr. Pelton von allem dieselbe Menge noch einmal haben möchte. Und Ray wird es sicher auf drei bis vier Portionen bringen.«

Sie hob die Hand vor die Fotozelle. Geräuschlos schloß sich die Tür zum Anrichteraum. Ihr Bruder Ray, der der Tür genau gegenüber saß, hielt schon ein Glas mit Obstsaft in der Hand und hob mit der anderen die Deckel von den Schüsseln, um nachzusehen, was darunter lag.

»Echte Eier!« rief der Junge. »Und Schinken. Toast von Weizenbrot.« Er blickte sich auf dem gedeckten Tisch um. »He, Claire, ist das richtige Butter von Kühen?«

»Ja doch. Jetzt mach schon und fang an zu essen!«

Dieser Aufforderung hätte es gar nicht bedurft, dachte sein Vater, während er zusah, wie Ray mit dem Löffel — den größten, den er hatte finden können — goldgelben Honig auf seine Toastscheibe laufen ließ. Er nahm sich Schinken und Eier und horchte auf Rays Stimme, der mit vollem Mund sagte:

»Und das ist ja echter Bienenhonig. Toll!«

Das gefiel Mr. Pelton. Der Junge hatte sehr viel von seinem Vater mitbekommen. Ein Bissen genügte, und er konnte zwischen natürlichen und synthetischen Nahrungsmitteln unterscheiden.

»Ich wette, dieses Frühstück hat bestimmt so um die fünfhundert Dollar gekostet, jedenfalls bestimmt nicht weniger«, fuhr Ray fort, während er herzhaft in seinen Honigtoast biß.

Ebenfalls typisch für einen Pelton, dachte der Vater. Der Junge war erst fünfzehn Jahre alt, aber über den Wert des Geldes war er sich völlig im klaren. Claire schien diese Bemerkung allerdings nicht besonders zu gefallen.

»Ich bitte dich, Ray«, sagte sie. »Versuch doch nicht immer daran zu denken, was die Dinge kosten.« Der Tadel in ihrer Stimme war unverkennbar.

»Wenn ich das viele Geld hätte, das Claire für natürliche Nahrungsmittel ausgibt, könnte ich mir das neueste Modell des Kopter-Fahrrads leisten, so wie Jimmy Hartnett eins hat«, meinte Ray.

Pelton runzelte die Stirn.

»Ich will nicht, daß du dich mit diesem Jungen abgibst, Ray«, sagte er, wobei er die Gabel auf den Teller legte und sich den Mund mit der Serviette abwischte. Als er aber den mißbilligenden Blick seiner Tochter bemerkte, nahm er hastig wieder die Gabel und fuhr fort: »Jedenfalls wünsche ich, daß mein Sohn einen anderen Umgang pflegt.«

»Ich bitte dich, Senator«, protestierte Ray. »Schließlich wohnt er im Nachbarhaus. Wenn wir auf dem Landeplatz auf unserem Dach stehen, können wir sogar die Antenne der Hartnetts sehen.«

»Das ist ohne Bedeutung«, sagte der Vater in einem Ton, der erkennen ließ, daß er dieses Thema nicht mehr zu erörtern wünschte. »Er ist ein Literat.«

»Noch eine Portion Rührei, Senator?« fragte Claire und hielt ihrem Vater Schüssel und Löffel hin.

Pelton mußte innerlich lachen. Claire wußte immer, was

sie zu tun hatte, wenn sich die Gemüter an irgendeinem Problem zu erhitzen drohten, und daß sie einen leicht erregbaren Vater hatten, wußten die Kinder seit langem. Er nickte, und Claire legte ihm Rührei und Schinken auf den Teller.

»Du erwähntest soeben unseren Landeplatz auf dem Dach, Ray«, fuhr er fort. »Bist du heute morgen oben gewesen?«

Die beiden Geschwister blickten ihn neugierig an.

»Es wurde gestern abend geliefert, während ihr beiden ausgegangen wart«, erklärte er. »Das neue Winter-Modell des Rolls-Cadipac.« Ein Gefühl väterlicher Freude durchströmte ihn, als Claire einen kleinen Freudenschrei ausstieß und ihm einen Kuß auf den kahlen Schädel drückte. Ray ließ einfach die Gabel fallen, rutschte von seinem Stuhl und rannte zum Lift. Schinken, Eier und echter Bienenhonig waren schlagartig vergessen.

Mit einer langsamen, geistesabwesenden Bewegung langte Chester Pelton hinüber, um den Fernseher einzuschalten, der auf einem Bord über der Öffnung zur Anrichte stand. Aber Claire legte die Hand auf seinen ausgestreckten Arm.

»Aber, aber Senator«, sagte sie mahnend. »Doch nicht beim Essen. Erst wenn der Kaffee ausgetrunken ist und ich mir meine Zigarette angezündet habe.«

»Es ist fast acht-fünfzehn. Ich möchte die Nachrichten sehen.«

»Kannst du denn nicht einmal mehr dein Frühstück in Ruhe essen? Glaub mir, Senator, wenn du so weitermachst, bringst du dich eines Tages selber um.«

»Unsinn! Ich habe in letzter Zeit ein wenig zu viel und zu angestrengt gearbeitet, das stimmt. Aber —«

»Du hast dich übernommen. Du arbeitest zu viel ... Heute findet auch noch der große Ausverkauf statt, während gleichzeitig der Wahlkampf in seine kritische Phase —«

»Der Teufel soll diesen Idioten Latterman holen! Wie kommt er dazu, den Ausverkauf auf den heutigen Tag zu legen und anzukündigen?« brauste Pelton wütend auf. »Weiß er denn nicht, daß ich für den Senat kandidiere?«

»Das möchte ich bezweifeln«, sagte Claire. »Vielleicht hat er mal davon gehört, so wie man über Wahlen in Pakistan oder Äthiopien hört, ganz am Rande. Möglicherweise interessiert er sich auch nicht für Politik und weiß überhaupt nicht, was das ist. Er wird zwar wissen, daß es außerhalb des Kaufhauses eine Welt gibt, aber was darin vorgeht, scheint ihm völlig gleichgültig zu sein.«

Sie schob ihren Teller zurück, schenkte eine Tasse Kaffee ein und drückte auf den Knopf des großen Tischfeuerzeugs. Das Mundstück einer bereits angezündeten Zigarette erschien in der Öffnung. Claire zog sie ganz heraus und begann zu rauchen.

»Der weiß nur, daß wir unseren Ausverkauf drei Tage vor Macy & Gimble beginnen.«

»Russ Latterman ist ein guter Geschäftsmann«, sagte Pelton nachdenklich. »Ich wünschte wirklich, du würdest dich ein bißchen mehr für ihn interessieren, Claire.«

»Mir wäre es lieber, du würdest dieses Thema nicht mehr anschneiden. Falls du dir in dieser Richtung Hoffnungen machst, muß ich dich leider enttäuschen«, antwortete Claire. »Ich glaube zwar, daß ich eines Tages heiraten werde — das tun ja die meisten Mädchen —, aber dann nur einen Mann, der das Geschäftliche im Büro läßt und nicht mit nach Hause bringt. Russ Latterman ist mit dem Kaufhaus verheiratet. Eine Ehe mit ihm wäre dasselbe wie Bigamie. Willst du auch eine Tasse Kaffee?«

Ohne auf eine Antwort zu warten, füllte sie seine Tasse, schob das Tischfeuerzeug hinüber und drückte auf den Knopf. Während er die brennende Zigarette herauszog, schaltete sie den Fernseher ein.

Der Schirm leuchtete sofort auf, und das Brustbild eines jungen Mannes nahm Konturen an. Ein gezwungenes Lächeln lag auf dem sonst nichtssagenden Gesicht. Er trug einen schenkellangen Kassak, der um die Taille von einem breiten Ledergürtel mit Schulterriemen zusammengehalten wurde. Am Gürtel hing eine große, in Leder gefaßte Schreibtafel mit einem Stylus. Auf dem Schulterriemen in Brusthöhe glänzten fünf, sechs kleine Metallabzeichen.

»— einzigartig im Geschmack, köstlich herb, das Bier mit der männlichen Note . . . Black Bottle von Cardon. Probieren Sie's mal.« Er versuchte suggestiv zu wirken. »Dann wissen auch Sie, warum Millionen begeisterter Biertrinker ausrufen: ›Komm mit auf ein Cardon!‹ Und jetzt präsentieren wir Ihnen einen weiteren Liebling von Millionen: Literat Erster Klasse Elliot C. Mongery!«

Pelton murmelte: »Ich versteh' sie einfach nicht, warum Frank für seine Werbung einen Quatschkopf wie diesen Mongery —«

Ray kam zurück, setzte sich auf seinen Platz am Frühstückstisch und machte sich über sein Essen her.

»In Jimmys Buch waren Bilder«, maulte er, während er nach Schinken, Eiern, Toast und Honig gleichzeitig langte.

»Welches Buch?« fragte Claire erstaunt. »Ach, du meinst die Betriebsanleitung für den Kopter.«

»Ruhe, ihr beiden!« befahl Pelton. »Jetzt kommen die Nachrichten.«

Literat Erster Klasse Elliot C. Mongery, der nun nach einem Linksschwenk der Kamera auf dem Bildschirm erschien, trug ebenfalls einen gestärkten weißen Kassak mit Ledergürtel und Schulterriemen. Und auch an seinem Schulterriemen steckten die Abzeichen jener Organisationen und

Unternehmen, in deren Auftrag er mit behördlicher Genehmigung praktizierte.

Pelton wußte, daß die ledergefaßte Schreibtafel, die an seinem Gürtel hing, nichts anderes war als eine getarnte Pistolentasche, die eine kleine automatische Waffe enthielt. Der goldene Stylus war in Wirklichkeit ein Gasprojektor. Seine Leibwächter in den schwarzen Lederjacken befanden sich natürlich außerhalb des Aufnahmewinkels der Kamera. Die des Lesens unkundige Öffentlichkeit hatte nicht viel übrig für Mitglieder der Vereinigten Literatengewerkschaft, die vorgaben, der Allgemeinheit zu dienen. Jedesmal, wenn Pelton einen dieser steifen, stets makellos sauberen weißen Kassaks sah, reagierte er wie ein Stier, vor dessen Augen man ein rotes Tuch schwenkte. Er stieß ein abfälliges Brummen aus.

Der rasche Blick nach links zum Ansager, das kurze Heben einer Augenbraue, das ewig jungenhafte Lächeln und der anschließende ernste Blick in die Kamera — das alles wirkte wie eine Filmaufzeichnung von Mongerys erstem Video-Auftritt vor gut fünfzehn Jahren. Jedenfalls war er noch niemals von seiner stereotypen Art abgewichen.

»Diese alberne Figur«, sagte Ray. Und Pelton fuhr ihn auch nicht an, er solle gefälligst still sein. Schließlich entsprach das ganz seiner eigenen Einstellung und Ausdrucksart, wie sie zumindest am Frühstückstisch üblich war.

». . . beginnen wir wie immer mit der Umgebung und dem Großraum New York, wobei ich sagen möchte, daß es so scheint, als glaube jemand, daß jemand anders eine kleine Abkühlung nötig habe — aber darauf kommen wir später noch zu sprechen. Hier zunächst die Wettervorhersage: Wir erwarten weiterhin sonniges Wetter für heute und morgen, warm bis heiß in der Sonne, kühl im Schatten. Es wird Sie nichts daran hindern, sich morgen an der Wahl zu beteiligen, es sei denn, Sie wollen auf die Jagd gehen oder noch eine letzte Partie Golf in dieser Saison spielen. Soweit ich mich erinnern kann, ist dies das erste Mal, daß das Wetter sich der Oppositionspartei besonders wohlgesinnt zeigt.

Und jetzt Nachrichten aus aller Welt: Alle von uns werden die Meldung mit Erleichterung aufnehmen, daß die Überlebenden des Strato-Jet-Absturzes am Mount Everest durch einen schwierigen und heroischen Einsatz der nepalesischen Luftwaffe gerettet wurden. Die Ergebnisse der letzten Wahlen in Rußland werden von zwölf der vierzehn Parteien angefochten; die einzigen Parteien, die keine Betrugsanklagen erheben, sind die Demokraten, die die Wahl gewonnen haben, und die christlichen Kommunisten, die in Rußland etwa ebenso einflußreich sind wie die vegetarische Partei bei uns.

Der Zentrale Diplomatische Rat der Wiedervereinten Nationen hat soeben zum hundertsiebenundachtzigsten Male angekündigt, daß die arabisch-israelischen Meinungsverschiedenheiten endgültig entscheidend und zufriedenstellend gelöst worden sind. Die Berichte aus Bagdad und Tel Aviv von heute morgen melden nur vier Araber und sechs Israeli, die bei Grenzzwischenfällen in den letzten vierundzwanzig Stunden getötet wurden. Vielleicht trifft die Meldung also diesmal wirklich zu, und die beiden Parteien haben sich tatsächlich geeinigt. Im gleichen Zeitraum hat es im Großraum New York wesentlich mehr Todesfälle gegeben, die auf Auseinandersetzungen zwischen den privaten Truppen rivalisierender Banden, politischer Parteien und auch von Wirtschaftsunternehmen zurückzuführen sind.

Nun zu den Lokalnachrichten: Heute morgen habe ich auf meinem Weg ins Studio einen kurzen Abstecher ins Rathaus gemacht und dort unseren genialen Polizeichef Delany, den Iren Delany, wie die meisten von uns ihn nennen, bei der

Arbeit mit einem tragbaren Desintegrator angetroffen. Er war intensiv damit beschäftigt, Tonbänder und Aufzeichnungen alter und schon lange abgeschlossener Fälle zu vernichten. Er konnte mir eine Anzahl höchst amüsanter Geschichten erzählen. So hat zum Beispiel ein Mitglied der Unabhängigen Konservativen Partei eine Massenversammlung der Radikalsozialisten vor dem geplanten Marsch zum Times Square gesprengt, indem er mit der Flamme seines Feuerzeuges die automatische Löschwassersprühanlage des Gebäudes aktivierte. Bis die durchnäßten Radikalen ihre Kleidung gewechselt hatten, war es den Konservativen gelungen, eine spontane Kundgebung auf dem Times Square abzuhalten.

Wenn auch die Radikalen baden gingen, waren es doch die Konservativen, die am Ende einen Schnupfen davontrugen«, fuhr Mongery fort und grinste. »Es hat den Anschein, daß während einer Großversammlung in der Hague Hall im Stadtbezirk Nord Jersey ein Unbekannter Niespulver in den Luftansaugschacht der Klimaanlage geworfen hat. Wie Sie sich vorstellen können, war das weder der Beredsamkeit von Senator Grant Hamilton, noch der Aufmerksamkeit seines Publikums besonders dienlich. Ich brauche wohl nicht eigens zu erwähnen, daß es in beiden Fällen keine polizeiliche Untersuchung geben wird. Störungen des Wahlkampfes dieser Art gelten so lange als fair, als sie nicht zu ausgesprochenen Katastrophen führen. Und ich finde, das hat so auch seine Richtigkeit«, fuhr Mongery mit etwas ernster gewordener Miene fort.

»Die schrecklichen Verhältnisse im zwanzigsten und einundzwanzigsten Jahrhundert rührten doch in erster Linie daher, daß man die Politik zu ernst nahm.«

Wieder brummte Pelton unzufrieden. Das war der typische Stil der Literaten. Man brauchte bloß die Politik als Witz zu betrachten und eine Wahl als eine Art Sportveranstaltung. Dann war auch die Gewähr gegeben, daß die bestechlichen Unabhängigen Konservativen im Amt blieben, die von den Literaten als Strohmänner benutzt wurden, damit sie das Land regieren konnten.

Trotzdem — der Trick mit dem Niespulver, den sich die Burschen von der Liga der Jungradikalen ausgedacht hatten, war gelungen.

»Und jetzt die Meldung, auf die Sie mit Spannung gewartet haben«, fuhr Mongery fort. »Die letzte Hochrechnung des Trotter-Poll-Instituts vor den Wahlen.«

Ein Literaten-Novize erschien und reichte ihm ein großes Ringbuch, das Mongery mit der ganzen Verehrung öffnete, die Literaten immer gegenüber dem geschriebenen Wort an den Tag legten.

»Dies«, erklärte er, »wird Sie überraschen. Für den gesamten Bundesstaat Penn-Jersey-York ergibt die Hochrechnung etwa dreißig Millionen für die Radikalsozialisten, etwa zehneinhalb Millionen für die Unabhängigen Konservativen. Hinzu kommen noch etwa eine Million Stimmen für die ›Hol's-der-Teufel-Partei‹, der offengestanden auch die Sympathie Ihres Kommentators gehört. Dieser Durchschnitt dürfte für die meisten Bezirke zutreffen — wenn auch in der Gegend von Pittsburgh die Stimmen der Radikalen überwiegen werden, während im traditionell konservativen Philadelphia und im oberen Hudsontal eine viel kleinere Mehrheit der Radikalen zu erwarten ist.

Wenn man bedenkt, daß die Konservativen bei den Präsidentschaftswahlen vor zwei Jahren in diesem Staat eine substantielle Mehrheit errungen haben und bei den vorhergegangenen Präsidentenwahlen des Jahres 2136 sogar eine überwältigende Mehrheit«, fuhr Mongery auf dem Bildschirm mit Ironie fort, »so bedarf diese Prognose des beinahe unfehlbaren Trotter-Poll-Instituts einiger Erklärungen. In erster Linie ist darin das Ergebnis der unablässigen Bemühungen eines Mannes zu sehen, des dynamischen neuen Führers der Radikalsozialisten, ihres augenblicklichen Kandidaten für den Senat der Konsolidierten Staaten von Nordamerika, Chester Pelton, der die einst marode Partei wieder zu dem dynamischen politischen Faktor gemacht hat, den sie heute darstellt. Und diese Leistung ist in sehr starkem Maße einem einzigen Slogan zuzuschreiben, den er den Wählern immer wieder eingehämmert hat: *Die Literaten sind unsere Diener, nicht unsere Herrn!*« Er strich sich über den weißen Kassak und betastete die Abzeichen an seinem Schulterriemen.

»Seitens des ungelehrten Publikums hat es schon immer Ressentiments gegen das organisierte Literatentum gegeben. Zum Teil lag das an den hohen Gebühren, die für die Dienste von Literaten gefordert wurden, zum Teil auch an Dingen, die vielen als monopolistische Praktiken erscheinen mußten. Dahinten steht aber ein allgemein verbreitetes Gefühl von Anti-Intellektualismus, das auf die Kriege des zwanzigsten und einundzwanzigsten Jahrhunderts zurückzuführen ist. Chester Pelton hat sich zum Sprecher dieser Bewegung gemacht. Seiner Ansicht nach waren es Männer, die Lesen und Schreiben konnten, die die teuflischen politischen Ideologien jener Zeit ausbrüteten und die schrecklichen Kernwaffen jener Periode erfanden. In seiner Vorstellung ist Literatentum gleichzustellen mit *Mein Kampf* und *Das Kapital,* mit der Atombombe und der Wasserstoffbombe, mit Konzentrationslagern und zerbombten Städten. Von dieser Haltung möchte ich mich in aller Form distanzieren. Es waren des Lesens und Schreibens kundige Männer, die uns die Magna Charta und die Unabhängigkeitserklärung gegeben haben.

Chester Pelton weiß natürlich, obwohl einige Wirrköpfe in der Vereinigten Illiteraten-Organisation darauf hinarbeiten, daß sich das Literatentum nicht völlig abschaffen läßt. Selbst unter Berücksichtigung moderner audiovisueller Aufzeichnungstechniken besteht ein Bedürfnis für ein Mindestmaß an manuell geschriebenen Aufzeichnungen, die man schnell lesen kann und aus denen auch eine schnelle Auswahl möglich ist — Indizes, Kataloge, Tabellen und so weiter, und ebenso besteht auch Bedarf an wenigstens einigen Männern und Frauen, die das geschriebene Wort formen und interpretieren können. Mr. Pelton ist Inhaber eines großen Warenhauses und Arbeitgeber für über tausend Illiteraten; er könnte jedoch auf die Dienste von wenigstens fünfzig Literaten nicht verzichten.«

»Und zahlt dafür ein Vermögen!« murrte Pelton. Es waren mehr als fünfzig, und Russ Latterman hatte zwanzig weitere speziell für den Ausverkauf einstellen müssen.

»Da wir also das Literatentum nicht völlig aufgeben können, ohne wieder in die Barbarei zurückzusinken — und in diesem Punkte bin ich völlig anderer Meinung als Mr. Pelton —, fürchtet er die potentielle Macht organisierten Literatentums. Mit anderen Worten, er fürchtet eine zukünftige Diktatur der Literaten.«

»Eine zukünftige? Was glaubt er denn, was wir jetzt haben?« fragte Pelton.

»Heute ist niemand so dumm«, fuhr Mongery fort, als wollte er ihm die Antwort darauf geben, »Diktator werden zu wollen. Damit war es Ende des zwanzigsten Jahrhunderts endgültig vorbei. Jeder weiß, was Mussolini, Hitler und Stalin und all ihren Nachahmern zugestoßen ist. Die widerwärtige Gesetzlosigkeit der letzten hundert Jahre ist schließlich ebensosehr eine Folge der allgemein verbreiteten Angst vor einer zu starken Regierung, wie der Knappheit von Literaten in der Administration. Es spricht also sehr für das Vertrauen, das die Öffentlichkeit in Chester Peltons bekannte Integrität und Ehrlichkeit setzt, daß so viele unserer Mitbürger bereit sind, seinem Programm eines sozialisierten Literatentums zuzustimmen. Man bringt ihm Vertrauen entgegen und — so sehr sich auch meine Meinung von der seinen unterscheidet, kann ich nur sagen, daß er dieses Vertrauen verdient.

Da wäre natürlich die so oft von Mr. Pelton erhobene Behauptung zu klären, unter der Hamilton-Verwaltung seien die Politik und insbesondere die Exekutive in diesem Staat über alle Maßen korrupt. Aber ich frage mich —«

Mongery brach ab. »Einen Augenblick. Man bringt mir gerade eine Blitzmeldung.« Der Literaten-Novize trat neben ihn und gab ihm ein Blatt Papier, auf das Mongery einen kurzen Blick warf. Dann lachte er herzlich.

»Es heißt hier, daß kurz nach Beginn dieser Sendung die Untersuchungskommission Polizeichef Delany eine Vorladung zustellen ließ, wonach er mit all seinen Akten sofort vor der Kommission erscheinen sollte. Unglücklicherweise konnte die Vorladung nicht zugestellt werden; Polizeichef Delany hat soeben auf dem Tom-Dewey-Flugplatz eine Düsenmaschine nach Buenos Aires bestiegen.« Er blinzelte seinen Zuschauern zu. »Ich weiß, daß unser Ire dort unten im Frühling auf der südlichen Halbkugel eine angenehme Zeit verbringen wird. Übrigens ist Argentinien eine der wenigen Großmächte, die das Auslieferungsabkommen von 2087 nicht unterzeichnet haben.« Er hob grüßend die Hand. »Und jetzt verabschiedet sich von Ihnen bis morgen früh zum Frühstück Ihr Elliot C. Mongery. Sie sahen eine Sendung von Cardon's Black Bottle, das Bier mit der männlichen Note.«

»Das ist doch nicht zu glauben. Der Kerl hat tatsächlich für dich geworben!« sagte Ray. »Und hast du bemerkt, wie der kurz bevor ihm sein Adlatus die Meldung gereicht hat, noch die Sache mit der Korruption angebracht hat?«

»Ich glaube, jeder Literat hat seinen Preis«, sagte Chester Pelton. »Ich frage mich bloß, wieviel von meinem Geld das gekostet hat. Ich verstehe heute noch nicht, weshalb Frank Cardon diesen Mongery für sein Bier werben läßt. Wahrscheinlich, weil auch Mongery käuflich ist.«

»Entschuldigen Sie, Mr. Pelton«, unterbrach ihn eine Stimme aus dem Flur.

Er wandte sich um. Olaf Olafson, sein Kopterfahrer, stand in der Tür des Eßzimmers. Er hatte einen Ölschmierer auf der Wange, und sein flachsblondes Haar war in Unordnung. »Wie läßt man diesen neuen Kopter an?«

»Was?« fragte Pelton. Olaf war schon seit zehn Jahren sein Fahrer. Wäre plötzlich die Decke über ihm zusammengebrochen, hätte Pelton nicht erstaunter sein können. »Sie wissen nicht, wie man ihn anläßt?«

»Nein, Sir. Die Hebel sind ganz anders als beim letzten Sommermodell. Jedesmal, wenn ich starten will, fährt er rückwärts, und wenn ich jetzt nicht mit dem Probieren aufhöre, haben wir bald keine Mauer mehr um unseren Landeplatz.«

»Ist denn keine Bedienungsanleitung dabei?«

»Doch, aber es sind keine Bilder drin, bloß Schrift. Das ist ein Literatenbuch«, sagte Olaf mit einem Ausdruck, als wäre das etwas Obszönes. »Und auf dem Armaturenbrett sind bloß Buchstaben.«

»Stimmt«, pflichtete Ray ihm bei. »Ich hab das Buch gesehen. Überhaupt keine Bilder drin.«

»Verdammt nochmal, wenn doch bloß einer auch nur einen Funken Verstand hätte! Diese Idioten in der Agentur —« Pelton sprang auf. Claire schob den Tisch zurück. Ray war bereits zum Lift gerannt und verschwunden.

»Ich kann mir nur vorstellen, daß irgendein verdammter Literat in der Rolls-Cadipac-Agentur das gemacht hat«, tobte Pelton. »Die haben das wohl für einen Witz gehalten, mir eine Bedienungsanleitung für Literaten und einen Kopter mit einem Literatenarmaturenbrett zu schicken. Ah, ich verstehe schon! Die wollen, daß ich einen Literaten rufe, damit er mir erklärt, wie ich meinen eigenen Kopter starten muß. Und bis Mittag lacht man in jeder Bar von Pittsburgh bis Plattsburg darüber. Ein verdammter gemeiner Literatentrick!«

Sie gingen zum Lift und fanden die Tür blockiert. »Ach, den Jungen soll doch der Teufel holen!« schimpfte Pelton.

Claire drückte den Knopf. Ray mußte den Aufzug bereits verlassen haben, denn die Lampe leuchtete auf, und kurz darauf öffnete sich auch die Tür. Pelton zwängte sich mit seiner Tochter und Olaf in den Lift.

Oben auf dem Landeplatz saß Ray bereits im Kopter und drückte auf verschiedene Knöpfe auf dem Armaturenbrett.

»Schau, Olaf!« rief er. »Die haben die Knöpfe bloß etwas anders angeordnet. Kein großer Unterschied zum Sommermodell. Der hier, mit dem man beim alten Modell den Rotor einstellte, ist jetzt für den Rückwärtsgang. Und der da — damit kann man den Rotor ausfahren.« Er drückte auf den Knopf, und die Luftschraube klappte auseinander. »Und damit kann man die Flughöhe regulieren.«

Ein häßlicher Verdacht überkam Chester Pelton plötzlich. Er empfand so etwas wie Angst.

»Woher weißt du das alles?« wollte er wissen.

Ray wandte den Blick nicht vom Instrumentenbrett. Er drückte auf einen weiteren Knopf, und der Rotor drehte sich träge im Kreis. Dann gab er mit dem rechten Fuß Druck auf ein Pedal, und der Kopter hob ein paar Zentimeter ab.

»Was?« fragte Ray. »Ach so! Jimmy hat mir gezeigt, wie der Kopter funktioniert. Mr. Hartnett hat erst vor einer Woche das gleiche Modell geliefert bekommen.« Er winkte Olaf zu und setzte die Maschine wieder auf dem Boden auf. »Komm' her, ich zeig's dir.«

Peltons Verdacht und die Angst wurden von einer Welle der Erleichterung weggespült.

»Glaubst du, daß du mit Olaf zusammen das Ding bis zur Schule bringst?« fragte er.

»Sicher! Klar! Macht doch gar keine Schwierigkeiten.«

»Gut. Dann zeigst du Olaf, wie man damit umgeht. Olaf, sobald Sie Ray in der Schule abgeliefert haben, bringen Sie das Ding zur Rolls-Cadipac-Agentur und lassen sich einen neuen Kopter mit einem vernünftigen Armaturenbrett geben. Und verlangen Sie außerdem ein brauchbares Bilderbuch mit der Bedienungsanleitung. Ich werde Sam Huschack persönlich anrufen und ihm den Kopf waschen. Sind Sie sicher, daß Sie jetzt klarkommen?«

Er sah zu, wie der Kopter zur 600-Meter-Verkehrsebene hinaufflog und dann die Richtung zur Mineola Oberschule einschlug, die achtzig Kilometer entfernt lag. Er blickte der Maschine immer noch ängstlich nach, bis sie zu einem kleinen Punkt geworden und kurz darauf verschwunden war.

»Die schaffen das schon«, beruhigte ihn Claire. »Olaf hat einen kräftigen Rücken und Ray einen gesunden Verstand.«

»Das war es nicht, was mich beunruhigt.« Er wandte sich um und sah seine Tochter etwas verschämt an. »Weißt du, eine Minute lang habe ich wirklich gedacht —« er wurde rot dabei — »habe ich wirklich gedacht, daß Ray lesen kann!«

»Vater!« Claire war so schockiert, daß sie ihren Vater

nicht mit seinem Spitznamen Senator anredete, den sie ihm gegeben hatte, als er im Frühling zum erstenmal seinen Entschluß verkündet hatte, für den Senat kandidieren zu wollen. »Das ist doch nicht dein Ernst!«

»Ich weiß, es ist schrecklich, so etwas zu denken, aber — nun die jungen Leute stellen heute wirklich die verrücktesten Sachen an. Da ist zum Beispiel dieser junge Hartnett, mit dem er sich immer ’rumtreibt. Tom Hartnett läßt seinen Jungen als Literaten ausbilden. Und dann dieser Prestonby. Dem traue ich schon gar nicht.«

»Prestonby?« fragte Claire verwirrt.

»Oh, du weißt schon. Der Schuldirektor. Du hast ihn kennengelernt.«

Claire runzelte die Stirn. Sie wirkte genau wie ihre Mutter, wenn sie sich an etwas zu erinnern versuchte.

»O ja. Ich habe ihn bei dieser Sitzung des Elternbeirats kennengelernt. Er hat eigentlich gar nicht wie ein Lehrer auf mich gewirkt, aber wahrscheinlich denken sich diese Leute, für uns Illiteraten ist alles gut genug.«

2

Literat Erster Klasse Ralph Prestonby blieb hinter seinem Rednerpult stehen und sah in das überfüllte Auditorium. Er war angenehm überrascht, daß heute fast siebenundneunzig Prozent der eingeschriebenen Schüler anwesend waren.

Das war wirklich gut — nein, das war sogar ausgezeichnet. Bloß drei Prozent fehlten. Vielleicht lag das an der neuen Vorschrift, wonach jeder, der fehlte, eine Entschuldigung auf Tonband vorlegen mußte. Oder dieser Propagandafeldzug, der die Vorzüge einer Erziehung herausstrich. Aber es konnte natürlich auch daran liegen, daß er Doug

Yetsko und ein paar seiner Leute ausgeschickt hatte, damit sie mit widerspenstigen Eltern redeten. Es tat wirklich gut, daß das nicht nur zu einer Zunahme der Attentate auf seine Person oder ein Ansteigen der Beschwerden bei der Erziehungsbehörde geführt, sondern auch praktischen Nutzen gezeitigt hatte.

Nun, Lancedale hatte die Erziehungsbehörde seinem Amt für Öffentlichkeitsarbeit unterstellt, und die Beschwerden waren in den Massenmedien kaum erwähnt worden. Außerdem war Doug Yetsko sein Leibwächter, was zu einem vorzeitigen Hinscheiden der meisten Attentäter geführt hatte.

Die Nordamerikanische Nationalhymne, die nach der Verschmelzung der Vereinigten Staaten mit Kanada und Mexiko an die Stelle der alten Nationalhymne getreten war, verklang. Die Studenten und ihre weißgekleideten Lehrer rührten sich wieder. Die meisten setzten sich, und die Lehrer und ihre Helfer führten die Studenten auf die Gänge und in ihre Klassenzimmer und Werkräume zurück. Das Orchester stimmte einen Marsch an. Prestonby stützte seinen linken Ellbogen auf das Rednerpult — Literaten lernten es früh, die rechte Hand immer frei zu halten, oder sie lebten nicht lange. Er stützte also den linken Ellbogen auf das Rednerpult und sah dem Auszug der Studenten zu. Er sehnte sich, wie er das bei diesem Anlaß immer tat, nach seinem Büro, wo er in Ruhe seine Pfeife rauchen konnte.

Schließlich waren alle gegangen, und die Mitglieder des Orchesters hatten ihre Instrumente eingepackt und sich an den Bühnenrand begeben. Er blickte nach links und sagte leise:

»Ist gut, Doug; die Schau ist gelaufen.«

Der Hüne sprang federnd von seinem Hochstand herunter und grinste. Er hatte eine Rasur dringend nötig — so war das bei Yetsko jeden Morgen. In der ledernen Uniform eines Literaten-Leibwächters wirkte er wie ein Ungeheuer aus der Mythologie der Vergangenheit.

»Ich bin froh, daß du heute morgen da oben warst«, sagte Prestonby. »Was für eine Bande! Ich verstehe noch immer nicht, warum wir so viele Zuhörer hatten.«

»Kapieren Sie denn nicht, Captain?« Yetsko griff nach oben und schloß die Tür des Hochstandes ab. Prestonbys Unwissenheit schien ihn zu überraschen. »Der Tag vor den Wahlen. Die Mamas und Papas unserer kleinen Lieblinge wollen nicht, daß sie sich auf den Straßen rumtreiben! Morgen kriegen wir noch einmal so viele.«

Prestonby brummte verärgert: »Natürlich. Wie konnte ich das vergessen! Ich habe auch nicht gesehen, daß einer umgefallen wäre. Also scheinst du nicht gezwungen gewesen zu sein, einzugreifen.«

»Nun, das Aufsichtspersonal sorgt natürlich dafür, daß die Bürschchen ihre gefährlichen Spielsachen an der Türe abgeben«, sagte Yetsko. »Aber Aufseher sind natürlich auch nicht unfehlbar, und manchmal basteln sich unsere Schützlinge im Werkunterricht unbemerkt Waffen, mit denen sie dann —«

Prestonby nickte. In der letzten Woche hatte man in einem Werkraum eine primitive, aber durchaus funktionsfähige Schrotflinte entdeckt. Und von sechs Feilen verschwanden durchschnittlich fünf, um zu Dolchen geschliffen zu werden.

Er mußte oft an die Geschichten denken, die sein Großvater ihm erzählt hatte. Er war nach dem vierten Weltkrieg während der Besetzung Rußlands Major gewesen. Diese alten Knacker wußten gar nicht, wie leicht sie es gehabt hatten. Die sollten einmal versuchen, eine Oberschule für Illiteraten zu leiten.

Yetsko schimpfte immer noch über die Studenten. »Wenn

einer dieser kleinen Engel mich erschießt, gilt das als harmloser kleiner Streich, und wir dürfen es dem kleinen Liebling nicht übelnehmen, wenn er versucht, seine heranreifende kleine Persönlichkeit auszudrücken. Sonst könnte er am Ende Komplexe oder so etwas bekommen.« Er äffte eine hohe Stimme nach. »Und wenn der kleine Engel mich nicht gleich beim ersten Schuß umbringt und ich zurückschieße, dann reden die Leute vom König Herodes!« Er fluchte hingebungsvoll und gebrauchte dabei Ausdrücke, die den Erziehungsausschuß und die Steuerzahler wahrscheinlich an seinem Loyalitätseid hätten zweifeln lassen, wenn sie ihn gehört hätten. »Ich wünschte, ich hätte oben auf der Kanzel zwei Schnellfeuerkanonen und nicht bloß einen Sonoprojektor.«

»Jede Klasse ist etwas schlimmer als die vorhergehende. Und in fünf Jahren fangen die bestimmt an, Wasserstoffbomben in den Chemielabors herzustellen«, sagte Prestonby. »In der vergangenen Woche sind ein gutes Dutzend Schüler in Klassenprügeleien ernsthaft verletzt worden. Das sind die Bürger der Zukunft. Eine reizende Zukunft, in der man einmal seinen Lebensabend verbringen soll.«

»So weit kommt es für uns gar nicht«, beruhigte ihn Yetsko. »Schließlich kann man nicht die ganze Zeit Glück haben. In etwa einem Jahr wird man uns zwei in einem Besenschrank finden, wenn sie anfangen nachzusehen, was da so stinkt.«

Prestonby nahm die Gaspistole von der Ablage unter dem Rednerpult und schob sie in die Hüfttasche. Yetsko klemmte sich einen etwa achtzig Zentimeter langen Gummiknüppel unter den linken Arm. Dann gingen sie gemeinsam in den Korridor hinaus, der zum Büro führte.

Eine Oberschule im zweiundzwanzigsten Jahrhundert war also ein Ort, wo Lehrer Feuerwaffen, Tränen- und Schlafgaspistolen trugen, Leibwächter hatten und dennoch in ständiger Lebensgefahr schwebten.

Es war sinnlos, danach zu fragen, wessen Schuld das war.

Da waren die Weltkriege gewesen und der Kalte Krieg und die Perioden dazwischen — zunehmende Geburtenzahlen, gigantische Anforderungen an die Öffentlichkeit, um den Rüstungswettlauf zu finanzieren, Steuern, die kaum mehr erträglich waren. Für Schulen blieb da kaum noch Geld.

Man hatte phantastische Experimente mit sogenannter progressiver Erziehung angestellt. Schon in den fünfziger Jahren des zwanzigsten Jahrhunderts war es vorgekommen, daß in den Großstädten die Kinder durch die Volksschule praktisch getrieben wurden, ohne daß sie richtig Lesen und Schreiben lernten. Wenn finanzielle Mittel für Erziehungszwecke zur Verfügung standen, hatten die Schulausschüsse darauf bestanden, sie für audiovisuelle Geräte, Tonbänder und Filme auszugeben — für alles mögliche, nur nicht für Lehrbücher. Und dann war die Theorie aufgekommen, daß man den Kindern das Lesen lehren sollte, indem man ihnen ganze Wörter vorsetzte und ihnen gar nicht erst das Alphabet beibrachte.

Im Laufe der Zeit hatten die Schulen mehr und mehr des Lesens Unkundige in eine Welt entlassen, wo Funk, Fernsehen und Filme Bücher und Zeitungen allmählich verdrängten. Und die Kinder der so herangewachsenen Analphabeten waren zur Schule gegangen, ohne auch nur den Wunsch zu verspüren oder einen Anreiz zu haben, das Lesen zu erlernen. Schließlich hatte man angefangen, diese Analphabeten der modernen Zeit Illiteraten zu nennen. Und jene, die noch Lesen und Schreiben konnten, hatten die Bezeichnung Literaten bekommen.

Inzwischen besaß die Vereinigte Literatengewerkschaft das Monopol auf die Kunst des Lesens und Schreibens, und ein paar Männer wie William A. Lancedale, mit einer Handvoll Gefolgsleute wie Ralph Prestonby, versuchten vergeblich —

Der Anblick des blitzsauberen Korridors munterte Prestonby etwas auf. Das ging ihm jedesmal so, wenn er diese Räume betrat. Der Gang war für ihn wie ein Denkmal seines Sieges, den er in den ersten zwei Tagen in der Mineola Oberschule errungen hatte. Das lag jetzt drei Jahre zurück, und er konnte sich noch genau erinnern, wie die Korridore damals ausgesehen hatten.

»Diese Schule ist ein Schweinestall!« hatte er den Hausmeister und seine Leute angebrüllt. »Und selbst wenn es Illiteraten sind, diese Kinder sind keine Schweine. Sie haben einen Anspruch auf eine anständige Umgebung. Diese Schule wird sofort von Grund auf renoviert und von nun an auch sauber gehalten.«

Die Angestellten — sie verdankten ihre Stellung alle der Unabhängigen Konservativen Partei und brauchten daher keine Angst um ihre Arbeitsplätze zu haben, hatten nur spöttisch gelacht. Der Gebäudeverwalter hatte ihm, ohne sich Mühe zu machen und aufzustehen, geantwortet:

»Junger Mann, Sie wollen sich's doch nicht etwa von Anfang an mit uns verderben. So ist es hier immer gewesen, und ich kann mir nicht denken, daß so einer wie Sie was dran ändern wird.«

Kettner hatte der Mann geheißen. Lancedale hatte ihn vorher eingehend über ihn informiert. Er gehörte dem Parteiausschuß der Unabhängigen Konservativen an. Seine augenblickliche Position hatte er bekommen, nachdem er seine letzte Anstellung verloren hatte. Man hatte ihn damals gefeuert. Er war Postausträger gewesen, und man hatte ihn dabei ertappt, wie er mit seinem Taschentonbandgerät die Briefbänder anderer Leute abgehört hatte.

»Yetsko«, hatte Prestonby gesagt, »schmeiß diesen Landstreicher hinaus.«

»Sie können doch nicht —!« hatte Kettner angefangen. Aber da hatte Yetsko ihn schon mit einer Hand vom Stuhl hochgerissen und angefangen, ihn zur Tür zu schleppen.

»Augenblick, Yetsko«, hatte Prestonby gesagt. Die Meute hatte schon geglaubt, er bekomme Angst vor seiner eigenen Courage. Sie hatten gegrinst. »Mach gar nicht erst die Tür auf«, hatte er gesagt. »Wirf ihn einfach dagegen.«

Nach dem dritten Tritt hatte Kettner die Tür selbst aufbekommen, und der vierte Tritt hatte ihn quer über den Korridor zur gegenüberliegenden Wand befördert. Er hatte sich aufgerappelt und war davongehinkt und nie wieder zurückgekehrt.

Am nächsten Morgen war die Schule makellos sauber gewesen. Und so war sie geblieben. Yetsko, der neben ihm ging, mußte in seinen Gedanken ebenfalls in die Vergangenheit zurückgekehrt sein.

»Sieht jetzt besser aus als damals, Captain«, sagte er.

»Ja, dabei haben wir gar nicht lange gebraucht, um das zu schaffen. Bei den meuternden Aufsehern damals in Pittsburgh hat es länger gedauert. Als wir dort Ordnung geschaffen hatten, hörte die Meuterei für immer auf. Aber das hier kommt einem vor, als versuchte man, aus einem sinkenden Boot das Wasser mit der Heugabel auszuschöpfen.«

»Ja. Ich wollte, wir wären in Pittsburgh geblieben. Hätten wir uns bloß nicht auf diese Sache hier eingelassen.«

»Ganz meiner Meinung«, pflichtete Prestonby ihm bei. Dabei meinte er es gar nicht ernst. Wenn er die Stellung an der Mineola Oberschule nicht angetreten hätte, hätte er Claire Pelton nicht kennengelernt.

3

Claire setzte sich wieder mit ihrem Vater an den Frühstückstisch und holte sich eine weitere Zigarette aus dem Automaten. Sie war immer noch verängstigt. Ray hätte das nicht tun dürfen. Selbst wenn er eine plausible Erklärung gefunden hatte. Das Unangenehme an plausiblen Erklärungen war, daß sie überhaupt nötig waren. Und über kurz oder lang kam der Punkt, wo man zu oft plausible Erklärungen abgegeben hatte. Und dann griff man zu einer, die nicht mehr so plausibel war, und plötzlich erinnerte man sich an all die anderen, und alle wirkten falsch. Und warum hatte der Senator vorhin eigentlich Ralph erwähnt? Fing er an, die Wahrheit zu ahnen?

Hoffentlich nicht! dachte sie verzweifelt. Wenn er das je erfuhr, würde es ihn umbringen. Ihn einfach umbringen. Schluß!

Mrs. Harris mußte den Fernseher ausgeschaltet haben, während sie zum Landeplatz hinaufgefahren waren. Um ihre Nervosität zu überdecken, schaltete sie das Gerät wieder ein. Der Bildschirm leuchtete auf, und ein junger Mann mit buschigen schwarzen Brauen und tiefliegenden, dunklen Augen schrie:

»... eine ganz offenkundige Verschwörung! Wenn die Anführer der Radikalsozialistischen Partei oder das politische Aktionskomitee der Vereinigten Illiteratenorganisation weitere Beweise für den Charakter ihres Kandidaten und vergötterten Anführers, Chester Pelton, benötigen, sollte es genügen, darauf hinzuweisen, wie Literat Erster Klasse Elliot C. Mongery heute morgen Peltons Kandidatur kommentiert hat. Damit sollten selbst den Blinden die Schuppen von den Augen fallen. Ich werde jetzt nicht behaupten, daß Chester Pelton die Radikalsozialisten und die Vereinigte Illiteratenorganisation an die Vereinigte Literatengewerkschaft verkauft hat. Ich tue das nicht, weil keine greifbaren Beweise für den Transfer irgendwelcher Geldbeträge vorliegen und eine solche Behauptung daher als Verleumdung aufgefaßt werden könnte — immer vorausgesetzt, daß Pelton den Mut hätte, mich anzuzeigen.«

»Du dreckiger Hundesohn —!« Pelton war aufgesprungen. Seine Hand fuhr an seine Hüfte. Dann erinnerte er sich, daß er unbewaffnet war und außerdem einem elektronischen Bild gegenüberstand. Er setzte sich wieder.

»Pelton schreit schon die ganze Zeit nach sozialisierten Literaten«, fuhr der Mann auf dem Bildschirm fort. »Ich will jetzt gar nicht das alte Argument aufwärmen, daß jede Art von Sozialisierung wieder all die Schrecken für uns heraufbeschwören würde, die die Welt seit dem vierten Weltkrieg hinter sich gelassen hat. Wenn Sie das jetzt nicht erkennen, hat es auch keinen Sinn, daß ich es wiederhole. Aber eines frage ich Sie: Ist Ihnen auch nur einen Augenblick lang klar, was ein Programm sozialisierten Literatentums bedeuten würde? Binnen fünf Jahren würden die Literaten die ganze Regierung beherrschen. Jetzt beherrschen sie die Gerichte; nur Literaten können Anwälte werden, und nur Anwälte können Richter werden. Sie kontrollieren die Streitkräfte. Nur Literaten haben Zutritt zu den Akademien von Westpoint oder Fort MacKenzy oder Chapultepec oder White Sands oder Annapolis. Und wenn Chester Peltons Sozialisierungsplan verwirklicht wird, wird es keine Regierungsbehörde geben, die nicht völlig unter der Kontrolle der Vereinigten Literatengewerkschaft steht!«

Der Bildschirm wurde plötzlich schwarz. Claire hatte ausgeschaltet. Ihr Vater drehte sich um.

»Schalte wieder ein, ich möchte hören, was dieser Verleumder über mich zu sagen hat.«

»Quatsch! Wenn du deine Waffe getragen hättest, hätten wir jetzt keinen Fernseher mehr. Ich habe doch gesehen, wie du danach gegriffen hast. Jetz sei ruhig und reg dich nicht auf«, sagte sie.

Er griff nach dem Zigarettenspender, aber dann blieb seine Hand wie erstarrt hängen. Sein Gesicht war vor Schmerz verzerrt, und er stöhnte halb erstickt.

»Ist das wieder ein Anfall?« rief Claire besorgt. »Wo sind deine Nitrokaintabletten?«

»Ich . . . habe . . . keine . . . hier. Im Büro, aber —«

»Ich habe doch gesagt, daß du welche kaufen sollst!« tadelte sie.

»Oh, eigentlich brauche ich sie gar nicht.« Seine Stimme klang jetzt wieder fester. Der Anfall war vorüber. Er füllte seine Tasse und nahm einen Schluck. »Schalte den Fernseher wieder ein, Claire. Ich möchte hören, was Gardner zu sagen hat.«

»Das werde ich nicht tun! Hast du denn keine Leute in der Parteizentrale, die sich so etwas ansehen. Jemand wird eine Antwort vorbereiten, falls eine Antwort erforderlich sein sollte.«

»Ich glaube schon. Diese Idioten hören das und glauben es. Ich werde mit Frank sprechen. Der weiß, was zu tun ist.«

Wieder Frank. Sie runzelte die Stirn.

»Schau, Senator, du glaubst immer, daß Frank dein Freund ist, aber ich traue ihm nicht. Das habe ich noch nie getan«, sagte sie. »Ich halte ihn für völlig skrupellos. Amoralisch ist, glaube ich, das richtige Wort. Wie ein Wilder oder ein Pirat oder einer der alten Nazis oder Kommunisten.«

»Mein Gott, Claire!« protestierte ihr Vater. »Frank ist in einem harten Geschäft tätig. Du hast ja keine Ahnung, zu welchen Mitteln die Konkurrenz im Biergeschäft greift. Er hatte sein ganzes Leben lang mit Politikern, Gewerkschaften und Gangstern zu tun. Aber er ist ein anständiger, guter Illiterat — in seiner Familie gibt es seit vier Generationen nur Illiteraten wie in unserer —, und ich habe volles Vertrauen zu ihm. Du hast diesen Mongery gehört; er hat gesagt, daß es mir zuzuschreiben sei, daß die Partei wieder Erfolg habe, daß ich die Radikalen aus dem Dreck gezogen habe. Ohne Frank Cardon hätte ich das nie geschafft.«

4

Frank Cardon stand auf dem Gehsteig und blickte gutgelaunt durch das Fenster von *O'Reilly's Tavern,* in dem seine Dekorationsgruppe gerade an der Arbeit war.

Zu beiden Seiten stand eine zwei Meter hohe Attrappe der Cardon-Flasche aus schwarzem Glas. Sie hatte genau die Form, die das des Lesens unkundige Publikum mit Bier in Verbindung brachte und trug das rote Cardon-Etikett mit dem Bild derselben Flasche auf einer weißen Fläche in der Mitte. Wegen der riesigen Dimensionen der Attrappen hatte auch die auf dem Etikett abgebildete Flasche ein Etikett mit einer Flasche, auch die Flasche auf diesem Etikett zeigte wiederum ein Etikett mit einer Flasche. Insgesamt zählte Frank Cardon acht erkennbare Flaschenbilder auf jeder Attrappe. Zu beiden Seiten der zwei Meter hohen Flaschen-Attrappen standen ein Meter fünfzig hohe, und daneben wieder ein Meter hohe, und in der Mitte war eine lebensgroße dreidimensionale Darstellung einer nackten, unglaublich schönen jungen Frau, die einladend den Vorübergehenden zulächelte und eine schäumende Flasche *Cardon's* in der Hand hielt. Abgesehen von den Warenzeichenangaben auf den Etiketten gab es im ganzen Schaufenster keinen Buchstaben oder ein gedrucktes Wort zu sehen.

Er trat durch die Pendeltür in die Bar und sah sich in dem langen Raum um. Die Stühle standen noch auf den Tischen. Er zählte die ersten Gäste an der Bar. Zwei Drittel davon trugen die weißen Kassaks und die Ledergürtel der Literaten. Die letzten Gäste der vergangenen Nacht, verbesserte er sich in Gedanken. Das war die Nachtschicht, die vor dem Nachhausegehen noch einen Schluck zu sich nahm.

»Guten Morgen, Mr. Cardon«, begrüßte ihn der Barkeeper. »Trinken Sie immer noch Ihre eigene Marke?«

»Bis jetzt habe ich mich noch nicht damit vergiftet«, sagte Cardon und lächelte. »Ich nicht und auch sonst keiner.« Er legte einen Hunderter auf die Bar. »Geben Sie jedem Gast, was er trinken will.«

»Trinken Sie aus, meine Herren, Mr. Cardon bezahlt die nächste Runde«, rief der Barkeeper und senkte die Stimme dann wieder. »O'Reilly möchte Sie sprechen. Wegen —« er deutete mit einem kaum merkbaren Kopfnicken auf das Gebäude auf der anderen Straßenseite, die Literatenhalle.

»Ja, ich möchte ihn auch sprechen.« Cardon goß sich aus der vor ihm stehenden Flasche ein, nahm den Dank der Gäste entgegen und schob dem Barkeeper das Wechselgeld — etwa fünfzehn Dollar — über die Bar zurück.

Er trank langsam und sah sich im Raum um. Dann ging er zu dem äußerlich nicht gekennzeichneten Büro. Er kam an zwei Türen vorbei, auf denen Männersocken auf der einen und Damenstrümpfe auf der anderen abgebildet waren. Er wußte, daß der Barkeeper den Signalknopf gedrückt hatte. Die Tür des Büros war offen, und drinnen wartete O'Reilly — den man auch Luigi Orelli getauft hatte — und erwartete ihn.

»Der Chef möchte Sie sofort sprechen«, sagte der Eigentümer der Bar.

Der Bierbrauer nickte. »Okay. Passen Sie auf. Ich weiß

nicht, wie lange ich bleibe.« Er ging durch den Raum und öffnete einen Eckschrank. Dann trat er ins Innere des Schrankes.

Der Schrank war in Wirklichkeit ein Aufzug, der zu einem Tunnel, der unter der Straße hindurchging, führte. Auf der anderen Straßenseite betrat Cardon eine weitere Liftkabine, drückte auf den Knopf für das zehnte Stockwerk und fuhr in die Höhe. Er hatte das Gefühl, als streifte er mit jedem Stockwerk, das er höher hinaufkam, die Persönlichkeit Frank Cardons, Bierbrauer, Illiterat, mehr und mehr ab. So als wäre er ein Schauspieler, der von der Bühne in seine Garderobe zurückkehrte.

Und als Garderobe hätte man das Zimmer, in dem er schließlich den Aufzug verließ, beinahe bezeichnen können.

Es gab einen langen Tisch, an dem zwei weißgekleidete Literaten Kaffee tranken. Ein dritter Literat saß in einem Lehnsessel und las. An einem kleinen Tischchen spielten vier Männer in schwarzen Hemden, ledernen Reithosen und -stiefeln Poker, während ein fünfter, der gerade eingetreten war und noch Lederhelm, Lederjacke und Waffengurt trug, ihnen zusah.

Cardon trat an eine Reihe von Kleiderschränken, öffnete einen und holte einen weißen Kassak heraus, den er sich umlegte und bis zum Hals zuknöpfte. Dann legte er einen Ledergurt mit Schulterriemen und Schreibtafel um. Der Literat im Lehnsessel blickte auf.

»Guten Morgen, Frank. Schönes Gefühl, wieder normal angezogen zu sein, nicht?«

»Ja. Sauber«, erwiderte Cardon. »Es ist zwar bloß für eine halbe Stunde, aber —«

Er ging einen kurzen Korridor hinunter und begrüßte den Posten im Lederjackett, der vor der Tür stand.

»Mr. Cardon«, sagte der Mann, »Mr. Lancedale erwartet Sie.«

»Ich weiß, Bert.«

Er öffnete die Tür und trat ein.

William A. Lancedale erhob sich hinter seinem Schreibtisch und kam ihm entgegen. Er schüttelte ihm zur Begrüßung die Hand und führte ihn zu einem Stuhl neben dem Schreibtisch. Dabei sog er prüfend die Luft ein und hob die Brauen.

»Bier so früh am Tag, Frank?« fragte er.

»Morgens, mittags und abends, Chef«, erwiderte Cardon. »Als Sie sagten, daß es ein gefährlicher Job sei, habe ich nicht gewußt, daß ich eines Tages als Alkoholiker enden würde.«

»Dann lassen Sie sich eine Tasse Kaffee und eine Zigarre geben.« Der weißhaarige Mann nahm wieder Platz und hielt die Hand vor die Fotozelle seiner Sprechanlage. Dann erteilte er seine Anweisungen. »Und jetzt spannen Sie einmal ein paar Minuten aus. Diesmal haben Sie einen schwierigen Auftrag, Frank.«

Beide verstummten, als ein Literaten-Novize mit Kaffee und Zigarren hereinkam.

»Wenigstens sind Sie kein Fanatiker wie Wilton Joyner und Harvey Graves«, sagte Cardon. »Das könnte ich nämlich wirklich nicht vertragen.«

Lancedales schmales Gesicht verzog sich zu einem Lächeln. Kleine Fältchen umrahmten seinen Mund. Cardon kostete den Kaffee und schnitt dann mit einem italienischen Stilett aus dem sechzehnten Jahrhundert, das er von Lancedales Schreibtisch nahm, seine Zigarre an.

»Ich kann leider nur kurz hier bleiben«, sagte er. »Ich weiß nicht, wie lange mich O'Reilly drüben in der Kneipe decken kann —«

Lancedale nickte. »Nun, wie stehen die Dinge?«

»Zuerst einmal die Brauerei«, fing Cardon an.

Lancedale tat das mit einer abfälligen Bemerkung ab. »Das ist schließlich nur Ihre Tarnung. Das Geld, das Sie damit verdienen, ist unwichtig. Was machen die Wahlen?«

»Pelton hat es geschafft«, sagte Cardon. »Soweit man das überhaupt von einem Kandidaten behaupten kann, ehe der eigentliche Wahlgang begonnen hat. Vor drei Monaten standen die Unabhängigen so fest, wie einst der Felsen von Gibraltar. Heute sehen sie aus wie Gibraltar nach dem H-Bomben-Treffer. Der einzige Unterschied ist, daß sie noch nicht wissen, was sie getroffen hat.«

»Hamiltons Wahlmanager weiß es schon«, sagte Lancedale. »Haben Sie seine Fernsehsendung heute morgen gesehen?«

Cardon schüttelte den Kopf. Lancedale gab ihm eine kleine Dreißig-Minuten-Scheibe.

»Sie brauchen sich bloß die ersten drei, vier Minuten anzusehen«, sagte er. »Der Rest ist bloß Wiederholung.«

Cardon schob die Scheibe in seinen Taschenrecorder und schaltete ihn auf Wiedergabe. Er steckte sich den Hörer ins Ohr. Nach einer Weile schaltete er ab und nahm den Ohrhörer heraus.

»Schlimm! Was werden wir dagegen unternehmen?«

Lancedale zuckte die Achseln. »Was werden Sie unternehmen?« konterte er. »Sie sind Peltons Wahlmanager —, und der Himmel sei ihm gnädig.«

Cardon überlegte einen Augenblick. »Wir ziehen die Sache ins Lächerliche«, entschied er dann. »Unsere Semantiker können bis morgen, bis die Wahllokale öffnen, den Witz des Jahres daraus machen. Die Literatengewerkschaft besticht ihren schlimmsten Feind, damit er sie angreift, so daß er wiederum ihr Geschäft ruinieren kann. Ich möchte bloß wissen, wer sich im Hauptquartier der Unabhängigen Konservativen eine Aufzeichnung von ›Alice im Wunderland‹ angesehen hat?«

»Könnte klappen«, nickte Lancedale. »Und wir können damit rechnen, daß unsere Freunde Joyner und Graves mit ihrer üblichen Elefant-im-Porzellanladen-Taktik noch dabei helfen werden. Wahrscheinlich haben Sie die Plakate schon gesehen, die sie überall ankleistern: *Wenn Sie das lesen können, ist Chester Pelton Ihr schlimmster Feind! Jede Stimme für Pelton ist eine Stimme für Ihre eigene Versklavung!*«

»Natürlich. Und haben Sie unsere Sendungen gesehen — ein Bild der Plakate mit dem semantisch korrekt gesprochenen Text?«

Lancedale nickte. »Ich habe auch bemerkt, daß es eine ganze Menge obszöner Kritzelei auf den Plakaten gibt. Das ist typisch für die Mentalität von Joyner und Graves. Beide können ja bloß so weit denken, wie ihre Nasenspitze reicht. Ich möchte wetten, daß sie Pelton mehr Stimmen eingebracht haben als er selbst geworben hat. Ist es ein Wunder, wenn wir davon überzeugt sind, daß man es solchen Leuten nicht überlassen kann, die zukünftige Politik der Gewerkschaft zu gestalten?«

»Nun . . . sie haben bewiesen, daß sie es nicht können. Ich frage mich bloß, ob wir selbst auf lange Sicht beweisen können, daß wir dazu in der Lage sind. Manchmal habe ich Angst, Chef. Wenn irgend etwas schiefgeht —«

»Was zum Beispiel?«

»Jemand könnte Pelton erwischen.« Cardon machte mit dem Stilett, das er immer noch in der Hand hielt, eine stechende Bewegung. »Vielleicht wissen Sie gar nicht, wie heiß diese Sache inzwischen geworden ist. Was wir heute morgen aus Mongerys Sendung schneiden mußten —«

»Oh, ich habe mich auf dem laufenden gehalten«, meinte Lancedale. Das war leicht untertrieben.

»Na schön. Wenn Pelton etwas zustieße, würde zwölf Stunden darauf in dieser ganzen Stadt kein einziger Literat mehr am Leben sein. Und ich frage mich, ob Graves und Joyner das wissen.«

»Ich glaube schon. Wenn sie es nicht wissen, dann nicht, weil ich es ihnen nicht gesagt hätte. Natürlich gibt es da Leute, die sich von den Unabhängigen Konservativen haben bestechen lassen. Ich wette, daß die meisten schon hören, wie die Gefängnistore aufgehen. Natürlich haben sie Angst, aber ich glaube, daß man Pelton mit Leibwächtern vor ihnen schützen kann. Vor ihnen genauso wie vor irgendwelchen Fanatikern.«

»Dann wären da noch Peltons Tochter und sein Sohn«, sagte Cardon. »Wir wissen, und Graves und Joyner wissen das auch, und ich vermute, Slade Garner weiß es auch, daß beide genausogut lesen und schreiben können wie jeder andere Literat in der Gewerkschaft. Stellen Sie sich vor, das würde noch vor den Wahlen bekannt werden?«

»Das würde nicht nur Pelton schaden, sondern auch die Arbeit sabotieren, die wir an den Schulen geleistet haben«, fügte Lancedale hinzu. »Selbst innerhalb der Gewerkschaft würde das unangenehme Folgen haben. Joyner und Graves haben keine Ahnung, wie weit wir bereits gegangen sind. Sie könnten eine scheußlich peinliche Affäre daraus machen!«

»Und wenn Pelton erführe, daß seine Kinder Literaten sind — *puh!*« Cardon schnitt eine Grimasse. »Oder wenn er erfährt, was wir ihm angetan haben. Hoffentlich bin ich nicht in der Nähe, wenn es so weit kommt. Langsam gefällt mir dieser alte Knacker.«

»Davor hatte ich Angst«, sagte Lancedale. »Nun, sorgen Sie jedenfalls dafür, daß Ihre Arbeit nicht darunter leidet. Denken Sie daran, Frank: Der Plan hat Vorrang. Und zwar immer.«

Er ging mit O'Reilly zum Ausgang der Bar und plauderte über die morgigen Wahlen. Dann schüttelte er dem Barbesitzer die Hand, überquerte die Straße und betrat das Laufband. Er ging von einem Streifen zum anderen, bis er den 30-kmh-Streifen erreicht hatte.

Die hohen Bürogebäude von Yonkers blieben hinter ihm zurück, während er, genüßlich an Lancedales Zigarre paffend, dahingetragen wurde.

Die Straße veränderte jetzt ihren Charakter; die Gebäude wurden niedriger, und die vornehmen Läden und Cafès wichen Discountgeschäften, deren Audiowerbung eindringlich unwahrscheinliche Preise und Angebote in die Gegend plärrte. Dazwischen gab es überfüllte, laute Bars, aus denen Schlagermusik über die Laufbahnen schallte. Es gab auch Wahlwerbung: riesige Porträts der beiden wichtigsten Senatskandidaten. Nach Cardons Schätzung tauchte Chester Peltons Kahlkopf mit den bulldoggartigen Zügen mindestens doppelt so oft auf wie Grant Hamilton mit seinen weißen Locken, der altmodischen Brille und dem selbstgefälligen Lächeln.

Dann erreichte er das Gebäude, auf dem er seinen Kopter geparkt hatte. Er verließ das Laufband und fuhr in dem Schraubenlift zur Landeplattform hinauf.

Es schien etwas passiert zu sein. Etwa ein Dutzend Mann der Einsatzgruppen der Unabhängigen Konservativen in weißen Kapuzenumhängen mit dem Feuerkreuz-Emblem auf der Brust drängten sich auf dem Landeplatz. Die meisten hatten die rechte Hand unter die Kutten geschoben, wo ihre Waffen steckten. Eine weitere Gruppe bestand aus Schlägern der Radikalkonservativen. Sie trugen schwarze Sombreros und kleine schwarze Gesichtsmasken. Die Hände dieser Männer ruhten auf den weißen Griffen der altmodischen Revolver, die sie in offenen Halftern am Gürtel trugen. Zwischen den beiden Gruppen standen vier Stadtpolizisten und machten einen sehr hilflosen Eindruck.

Die Gruppe mit den Sombreros und Dominomasken bildeten eine Kette vor einem riesigen, dreidimensionalen Porträt von Chester Pelton. Der Kandidat auf dem Bild hatte die geballte Faust erhoben, und Peltons aufgezeichnete und verstärkte Stimme brüllte:

»Die Literaten sind unsere Diener, nicht unsere Herrn!«

Cardon erkannte den Gruppenführer der Radikalsozialisten — die Masken waren zu schmal, um echten Schutz zu bieten — und winkte ihm zu, während er zu seinem Kopter ging. Der schwarzgekleidete Mann mit den Revolvern folgte ihm mit klirrenden Sporen.

»Hallo, Mr. Cardon«, sagte er. »Hat nichts zu bedeuten. Wir haben einen Anruf bekommen, daß die Kapuzenbrüder vorhätten, unseren Großen Bruder da oben zu sabotieren. Sie wollten die Tonaufzeichnung entfernen und ihre eigene einbauen, so wie sie es letzte Woche drüben in Queens getan haben. Die Stadtpolizei kam rechtzeitig und verhinderte das, und es gab keine Schießerei. Aber wir bleiben hier, bis die gegangen sind.«

»Die Literaten sind unsere Diener, nicht unsere Herrn!« brüllte das große 3-D-Plakat.

In Queens war es den Unabhängigen vor kurzem gelungen, ein ähnliches 3-D-Plakat zu sabotieren und eine andere Tonaufzeichnung einzubauen, mit dem Text: *Ich bin ein Lügner und Betrüger! Gebt eure Stimme Grant Hamilton. Er garantiert für Freiheit und eine vernünftige Regierung!*

»Gut gemacht, Goodkin«, lobte Cardon. »Sorgen Sie dafür, daß Ihre Leute nicht mit der Schießerei anfangen. Die Stadtbullen kommen langsam auch dahinter, wer morgen die Wahlen gewinnen wird. Es hat keinen Sinn, daß wir sie uns zu Feinden machen. Aber wenn einer von diesen Ku-

Kluxern versucht, die Waffe zu ziehen, dann verschwenden Sie nicht erst Zeit mit Streifschüssen. Sie brauchen bloß auf das Feuerkreuz auf der Brust zu zielen und abzudrücken. Um den Rest kann sich dann der Leichenbestatter kümmern.«

»Mit Vergnügen«, sagte Goodkin grinsend. »Wissen Sie, dieses Nachthemd, das die da tragen, ist so ziemlich das dümmste, was man sich als Uniform vorstellen kann. Ein ideales Ziel bei einer Schießerei. Und wenn es zu einer Prügelei kommt, verheddern sie sich bloß in den langen Umhängen. Ah, jetzt sind zwei von den Bullen zu ihnen hinübergegangen. Darauf haben die nur gewartet. Jetzt können sie abhauen, ohne daß es so aussieht, als hätten sie vor uns Schiß.«

Cardon nickte. »Sagen Sie Ihren Leuten, daß sie noch eine Weile hier bleiben sollen. Vielleicht glauben die Ku-Kluxer, daß ihr jetzt auch abzieht und kommen später wieder zurück. Sie haben hier gute Arbeit geleistet, Goodkin. Bis später.«

Er stieg in seinen Kopter und ließ den Motor an.

»Die Literaten sind unsere Diener«, brüllte der dreidimensionale Koloß den abziehenden Unabhängigen nach, *»nicht unsere Herrn!«*

5

Auf Höhe zweitausendfünfhundert hängte Cardon den Kopter an den Richtstrahl von Manhattan und entspannte sich. Er würde etwas gegen Slade Garners TV-Propaganda unternehmen müssen. Diese Sendung war gefährlich. Eine Replik mußte gegen Mittag gesendet und am Nachmittag wiederholt werden.

Zuerst als normale Nachrichtensendung; Elliot Mongery

hatte um viertel nach zwölf fünfzehn Minuten Sendezeit. Nein, das ging nicht. Dieses Programm Mongerys wurde von der Firma Atom-Heizgeräte bezahlt. Und Atom-Heizgeräte war eine Tochtergesellschaft von Canada Nordwest Spaltprodukte. Und Canada Nordwest wiederum war in die Bestechungsaffäre Kettle River verwickelt, die, so hatte Pelton geschworen, sofort vor einen Untersuchungsausschuß kommen würde, sobald er sein Amt übernahm.

Mongerys Berufsehre würde es also nicht zulassen, daß er auf Kosten von Atom-Heizgeräte für Pelton Propaganda machte. Nun, dann gab es noch Guthrie Parham. Er stand um viertel vor eins auf dem Programm, und bei ihm gab es diese Probleme nicht. Er würde Parham anrufen und ihm sagen, was er von ihm wollte.

Der Summer warnte ihn, daß er sich dem Leuchtfeuer von Manhattan näherte; er schaltete auf Handsteuerung, drückte die Maschine auf die Tausend-Meter-Zone herab und stellte den Auto-Pilot auf das Signal von Peltons Käuferparadies ein. An der Spitze der Halbinsel, wo man die Stadt neu aufgebaut hatte, nachdem 1987 eine Mark-XV-Rakete niedergegangen war, konnte er den kreuzförmigen Gebäudekomplex, der sein Ziel war, sehen. Jeder der vier Arme hatte öffentliche Landeplätze, und dann gab es noch den Mittelblock mit dem Landeplatz für Personal und Zulieferer.

Über den vier öffentlichen Landeplätzen schwärmten Helikopter wie die Maifliegen. In vier Strömen kamen sie von außen heran, landeten auf den Gebäudeflügeln und stiegen von der Mitte aus wieder vertikal in den Himmel.

Es herrschte etwa der zehnfache Verkehr, der normalerweise so früh am Morgen zu erwarten war. Cardon wunderte sich kurz darüber, aber dann erinnerte er sich. Dieser verdammte Ausverkauf!

Russell Latterman hatte wirklich was los. Wilton Joyner

und Harvey Graves hatten einen tüchtigen Agenten ausgewählt, der für sie in Peltons Unternehmen spionierte. Latterman spielte den illiteraten Geschäftsmann wirklich sehr überzeugend. Er war ein loyaler Mitarbeiter von Pelton, sein bester Stratege in dem immerwährenden Kampf mit der Konkurrenz Macy & Gimbel's. Von diesem Gesichtspunkt aus betrachtet war der Ausverkauf ein raffinierter Schachzug. Latterman war allen anderen Warenhäusern zuvorgekommen, um die Herbst- und Wintermoden unters Volk zu bringen. Er hatte darüber hinaus aber ein Tollhaus aus dem Ladenkomplex gemacht, genau zu dem Zeitpunkt, wo Chester Pelton seine ganze Aufmerksamkeit den Wahlen widmen mußte.

Cardon drückte den Knopf, der sein privates Erkennungszeichen ausstrahlte, schwebte über den einfliegenden Käuferschwärmen hinweg und steuerte die private Landefläche an. Er kreiste noch einmal über den vier öffentlichen Landeplätzen. Vielleicht konnte man doch noch einen strategischen Vorteil aus dem Ausverkauf ziehen. Ein Geschenk für jeden Kunden, das daheim die Aufforderung verkündete: *Wählt Pelton zum Senator!*

Er riß sich aus seinen Gedanken und spähte auf die fünfzig Quadratmeter große Landefläche über dem Zentralblock hinab. Dann setzte sein Kopter auf.

Die weißgekleideten Gestalten, die er im Schraubenlift hatte heraufkommen sehen, trugen nicht die Ku-Klux-Umhänge der Unabhängig Konservativen Einsatzgruppen, wie er zuerst gefürchtet hatte, sondern die Kassaks der Literaten. Und dazwischen gab es die schwarzen Lederjacken und futuristisch anmutenden Helme ihrer Leibwächter.

Stephen S. Bayne, der Chefliterat des Warenhauses, führte sie an. Sein Assistent, Literat Dritter Klasse Roger B. Feinberg, und Novizen mit Büchern, Aktenkoffern und tragbaren Schreibmaschinen begleiteten ihn. Ferner waren so ziemlich jeder im Unternehmen beschäftigte Literat und alle Leibwächter des Warenhauses hier vertreten. Vier oder fünf Männer in gewöhnlichen grellbunten Straßenanzügen schienen sich über etwas zu beklagen. Als Cardon die durchsichtige Kanzel öffnete, hörte er lautes Stimmengewirr. Und Feinbergs Stimme war ganz deutlich zu vernehmen: »Unfair! Unfair! Unfair gegenüber dem organisierten Literatentum!«

Cardon sprang aus der Maschine und eilte hinüber.

»Aber das können Sie doch nicht tun«, protestierte ein weißhaariger Mann in einem orange-blauen Straßenanzug. »Andernfalls trägt die Literatengewerkschaft die Verantwortung für unsere Verluste. Das wissen Sie doch!«

Bayne, dessen Gesicht vor Ärger gerötet war — Cardon stellte fest, daß da auch ein paar frische Schürfwunden waren —, ignorierte den Mann. Feinberg unterbrach sein Geschrei nur, um zu antworten:

»Der illiterate Besitzer dieses Unternehmens hat einen Literaten Erster Klasse brutal angegriffen. Demzufolge wird der Literatendienst für dieses Kaufhaus bis zu einer Entscheidung des Großrats der Gewerkschaft sofort eingestellt.«

Cardon packte den blau und orange gekleideten Mann am Ärmel und zog ihn zur Seite.

»Was ist denn passiert, Hutschnecker?« fragte er.

»Die laufen uns alle weg«, erklärte Hutschnecker unnötigerweise. »Der Chef hat sich mit Bayne gestritten und ihn niedergeschlagen. Bayne hat versucht, seine Waffe zu ziehen, und ich hielt ihn fest. Ein anderer packte Pelton, ehe der seine Waffe ziehen konnte, und dann haben ein paar Kaufhauspolizisten die anderen Literaten im Büro in Schach gehalten. Aber Bayne ging an die Lautsprecheranlage und begann, die Literaten zusammenzurufen.«

»Aber warum hat Pelton denn Bayne überhaupt geschlagen?«

»Bayne soll Miss Claire zu nahe getreten sein. Ich war nicht dabei, als es passierte; sie kam ins Büro, und da —«

Cardon blieb vor Verblüffung der Mund offenstehen. Das entsprach so gar nicht dem Wesen von Literat Erster Klasse Stephen S. Bayne. Es bereitete ihm zwar großes Vergnügen, gelegentlich eine Verkäuferin hinter der Theke in den Hintern zu kneifen. Aber die Tochter des Chefs war für ihn immer tabu gewesen.

»Wo ist Latterman?« fragte Cardon und sah sich um.

»Unten im Büro bei den anderen. Er versucht, Mr. Pelton zu helfen. Er hat schon wieder einen Herzanfall gehabt —«

Cardon fluchte und rannte zum Lift. Die rotierende Spirale trug ihn in die Etage der Geschäftsleitung hinab, wo er sich mit einiger Mühe den Weg durch die sich drängenden Verkäufer und Angestellten zu Peltons Büro bahnte. Dann hatte er endlich den großen Saal erreicht und bedauerte es einen Augenblick beinahe, daß er gekommen war.

Pelton war in seinem großen Chefsessel zusammengesackt. Sein Gesicht war bleich und von Schmerz verzerrt, und sein Atem ging stoßweise. Seine Tochter stand neben ihm, den blonden Kopf über ihn gebeugt; ein paar Schritte entfernt stand Russell Latterman und musterte die beiden angespannt. Einen Augenblick erinnerte er Cardon an einen Kater, der hungrig ein Mauseloch beobachtet.

»Claire!« rief Cardon. »Geben Sie ihm eine Nitrokainkapsel. Warum stehen alle bloß herum? Warum tut keiner was?«

Claire wandte sich um. »Es sind keine da«, sagte sie und sah ihn aus vor Verzweiflung weit aufgerissenen Augen an.

»Die Schachtel ist leer. Er muß sie alle verbraucht haben.«

Cardon blickte schnell zu Latterman hinüber. Er ertappte den Verkaufsleiter, noch ehe dieser den triumphierenden Blick abwenden konnte. Langsam begann er zu begreifen. Latterman war schließlich Geheimagent für Wilton Joyner und Harvey Graves und die von ihnen angeführte konservative Fraktion in der Literatengewerkschaft. Sozusagen sein Gegenspieler, da er, Cardon, Lancedales Vertrauensmann war.

Die Joyner-Graves-Gruppe hatte in erster Linie unmittelbare Vor- und Nachteile im Auge und wollte daher mit allen Mitteln die Wiederwahl Grant Hamiltons sicherstellen. Wenn man bedachte, wie die Dinge sich in den letzten zwei Monaten entwickelt hatten, konnte nur Chester Peltons Tod ihnen dieses Ziel garantieren. Latterman hatte wahrscheinlich Peltons Nitrokainkapseln weggeworfen und dann Bayne irgendwie dazu veranlaßt, Peltons Tochter zu beleidigen. Er hatte damit rechnen können, daß ein Wutanfall Peltons zu einer weiteren Herzattacke führen würde, die ohne Medizin fatale Folgen haben konnte.

»Dann lassen Sie sofort welche kommen!« befahl Cardon.

»Das Rezept liegt im Safe«, sagte Claire mit schwacher Stimme.

Der Safe war verschlossen, und nur ein Literat konnte ihn öffnen. Die Doppelkombination war deutlich lesbar in die Tür eingeätzt, die Zahlen als Worte und die Buchstaben in ihren phonetischen Symbolen. Alle drei, er, Claire und Russell Latterman konnten lesen, aber keiner von ihnen wagte, das hier zuzugeben.

Man konnte Latterman seinen Triumph ansehen. Wenn Cardon den Safe öffnete, war Peltons Wahlmanager als Literat entlarvt. Wenn Claire ihn öffnete, würden es die Angestellten sehen und schnell die Nachricht verbreiten, daß die

Tochter des Erzfeindes des Literatentums lesen konnte. Vielleicht hatte Latterman im Grunde gar nicht beabsichtigt, daß sein Chef sterben sollte. Vielleicht war das die Situation, die er hatte provozieren wollen.

Chester Pelton durfte nicht sterben, egal, was auch geschah. Grant Hamiltons Wiederwahl in den Senat würde William Lancedales Reformplan um Jahre zurückwerfen und die Reaktion der Öffentlichkeit würde katastrophal sein.

Der Plan hat Vorrang, hatte Lancedale gesagt.

Damit war Cardons Entscheidung getroffen. Aber er brauchte sie nicht auszuführen.

Claire hatte sich aufgerichtet, ihren Vater verlassen und sich vor den Safe gekniet. Ihr Rücken war steif, und ihre Finger huschten über die Knöpfe. Ihre Augen blickten immer wieder zu der eingeätzten Kombination und zurück zu den Knöpfen, und dann schwang die Tür auf. Sie wühlte in den Papieren, holte mit sicherer Hand das Rezept heraus und stand wieder auf.

»Da, Russ. Lassen Sie das sofort besorgen!« befahl sie, »aber schnell!«

O nein, kommt nicht in Frage, dachte Cardon. Ein zweites Mal wird es dir nicht gelingen, Russ. Er nahm Claire das Rezept aus der Hand und wandte sich an Latterman.

»Ich kümmere mich schon drum«, sagte er zu dem Verkaufsleiter. »Sie werden hier gebraucht. Bleiben Sie hier!«

»Aber die Literaten streiken doch. Wir können an den Kassen nicht —«

Cardon ließ ihn nicht weiterreden. »Muß ich Ihnen denn sagen, was jetzt zu tun ist? Lassen Sie je ein Muster von jeder Ware zu den Kassen bringen und legen Sie die entsprechenden Verkaufszettel dazu. Wo das nicht möglich ist, lassen Sie einfach die Etiketten abreißen und sie zur Rechnung legen. Und jetzt verschwinden Sie und machen sich an die Arbeit!«

Er hob die Pistole auf, die man Pelton weggenommen hatte, als er versucht hatte, Bayne zu erschießen, und sicherte sie wieder.

»Wissen Sie, wie man damit umgeht?« fragte er Claire.

»Ja«, sagte Claire.

»Dann behalten Sie sie. Und bleiben Sie in der Nähe Ihres Vaters. Das war kein Zufall. Das war ein Attentat auf sein Leben. Ich lasse ein paar Kaufhauspolizisten kommen. Sorgen Sie dafür, daß die Leute hier bleiben.«

Er ließ ihr gar keine Zeit zum Widerspruch, sondern schob Latterman vor sich her und ging zur Tür hinaus.

». . . natürlich kann sie. Hast du nicht gesehen, wie sie den Safe aufgemacht hat?«

». . . aber nur ein Literat —«

». . . dann ist sie eben auch ein Literat!«

Vor ein paar hundert Jahren hätten die Leute so getuschelt, wenn man festgestellt hätte, daß ein Mädchen schwanger war, und noch ein paar hundert Jahre früher wäre man genauso erschüttert gewesen, wenn man entdeckt hätte, daß es eine Protestantin oder Katholikin war — je nachdem, welche Religion am jeweiligen Ort gerade unpopulär war.

Bis Mittag würde sich diese Neuigkeit in ganz Penn-Jersey-York verbreitet haben. Dann bekamen Slade Garners Anklagen gegen Peltons Kandidatur neues Gewicht.

Cardon rannte zum Spirallift, stolperte, fand aber das Gleichgewicht wieder, als er ihn oben verließ. Bayne und seine streikenden Literaten waren verschwunden. Er sah einen Mann von Peltons Kaufhauspolizei und ging auf ihn zu. Dabei nahm er seine zweite Identitätsplakette aus der

Tasche.

»Hier«, sagte er und gab sie dem Mann. »Holen Sie sich Verstärkung und gehen Sie in Peltons Büro. Zeigen Sie die Plakette Miss Pelton und sagen Sie ihr, daß ich Sie schicke. Man hat ein Attentat auf Chester Pelton verübt; Sie müssen bei ihm bleiben. Tun Sie, was Sie für richtig halten, aber sorgen Sie dafür, daß niemand — und das schließt ganz eindeutig Russell Latterman mit ein — zu ihm kann. Wenn Sie irgend etwas Verdächtiges bemerken, schießen Sie gleich und stellen die Fragen hinterher. Wie heißen Sie?«

»Coccozello, Sir. Guido Coccozello.«

»Gut. Später kommt vielleicht ein Arzt oder ein Apotheker — jedenfalls ein Literat — und bringt ein Medikament für Mr. Pelton. Er wird sich nach Ihnen erkundigen und meinen Namen erwähnen. Und dann kommt vielleicht noch ein weiterer Literat; er wird ebenfalls Ihren und meinen Namen erwähnen. Und jetzt beeilen Sie sich, Mann.«

Cardon sprang in seinen Kopter, schloß die Kanzel und stieg senkrecht in den Himmel, bis er auf dreitausend Meter war. Dann orientierte er sich und steuerte eine Landeplattform am anderen Ufer des East River an, wobei er ohne Rücksicht auf die Verkehrsregeln durch die verschiedenen Flugebenen hindurchstieß.

Das Gebäude, auf dem er landete, war eine der größten Apotheken. Er fuhr mit dem Spirallift ins Erdgeschoß und ging unmittelbar zu dem geschäftsführenden Literaten. Dabei stellte er fest, daß der Mann an seinem Schulterriemen nicht nur die Einzelhandels-, Apotheker- und Chemikerabzeichen trug, sondern auch das eines Medizinstudenten. Cardon griff nach Block und Stift auf der Theke und schrieb hastig darauf: *Ihr Privatbüro, sofort. Dringend und wichtig.*

Der Literat warf einen Blick darauf und nickte.

»Bitte, da hinein, Sir«, sagte er und führte Cardon zu seinem kleinen Büro.

»Hier.« Cardon gab ihm das Rezept. »Nitrokainkapseln. Sie sind für Chester Pelton; er hatte einen schweren Herzanfall. Er braucht die Kapseln sofort. Ich brauche Ihnen wahrscheinlich nicht zu sagen, was geschehen wird, wenn er stirbt und die Behauptung erhoben wird, daß die Literaten ihn vergiftet haben. Und ich garantiere Ihnen, daß die Gegenseite das behaupten wird.«

»Wer sind Sie?« fragte der Literat und warf einen Blick auf das Rezept. »Das —« er deutete auf Cardons silberbestickte schwarze Mexikanerjacke — »ist alles andere als ein weißer Kassak.«

Cardon hatte seinen Taschenrecorder schon in der Hand. Jetzt drückte er auf einen verborgenen Knopf, und das Symbol von Stylus und Schreibtafel flackerte kurz auf dem kleinen Bildschirm auf. Der Literat nickte. Cardon fuhr fort:

»Holen Sie dieses Präparat. Bringen Sie es selbst zu Pelton. Ich sehe, daß Sie das Abzeichen eines Medizinstudenten tragen. Fragen Sie nach Wachmann Coccozello und sagen Sie ihm, Frank Cardon schicke Sie.«

Der Literat, der ihn bis jetzt nicht erkannt hatte, machte große Augen, als er den Namen hörte, und pfiff leise durch die Zähne.

»Und geben Sie ihm ein Beruhigungsmittel, das ihn wenigstens vier, aber nicht länger als sechs Stunden schlafen läßt. Darf ich hier mal telefonieren?«

Der Mann im Literatenkassak nickte und eilte hinaus. Cardon wählte William A. Lancedales Privatnummer. Als Lancedales schmales Gelehrtengesicht auf dem Bildschirm erschien, berichtete Cardon schnell.

»Ich sehe die Sache so«, schloß er. »Latterman hat Bayne dazu angestiftet, das Mädchen zu belästigen. Vorher hat er

Peltons Nitrokainkapseln weggeworfen. Wahrscheinlich hat er diesem Esel Bayne weisgemacht, Claire vergehe vor stiller Leidenschaft für ihn, oder so etwas Ähnliches. Vielleicht wollte er Pelton umbringen. Vielleicht wollte er aber auch nur, daß die Situation eintritt, wie wir sie jetzt haben.«

»Ich nehme an, daß man jetzt nichts mehr unternehmen kann, um den Schaden zu reparieren?«

Cardon lachte. Aber es war keine Spur von Humor auf seinen Zügen. »Das war wohl eine mehr rhetorische Bemerkung.«

»Ja, natürlich.« Lancedales Gesicht wurde ausdruckslos. »Können Sie etwa für eine Stunde untertauchen?«

»Sicher. Ärger mit meinem Kopter. Ein Besuch im Wahlhauptquartier. Oder ich sage einfach, ich habe mich darum gekümmert, daß Pelton neue Literaten für den Geschäftsbetrieb bekommt, nachdem die alte Mannschaft ausgezogen ist —«

»Geht in Ordnung. Kommen Sie herüber. Ich glaube, ich habe schon eine Vorstellung, wie man aus dieser Panne doch noch Nutzen ziehen kann. Ich werde für heute nachmittag eine Notstandssitzung des Großrates einberufen, und ich möchte, daß Sie daran teilnehmen. Aber vorher möchte ich meine Pläne mit Ihnen besprechen.«

Er überlegte einen Augenblick. »Bei O'Reilly herrscht jetzt zu großes Gedränge. Kommen Sie durch die Kirche.«

Cardon unterbrach den Kontakt und wählte neu. Das Gesicht eines Mädchens, das den Kassak eines Literaten Dritter Klasse trug, erschien auf dem Bildschirm. Eine zarte Stimme flötete:

»Mineola Oberschule; Guten Morgen, Sir.«

»Guten Morgen. Hier spricht Frank Cardon. Ich möchte sofort mit Ihrem Direktor sprechen, Literat Erster Klasse Prestonby.«

Ralph Prestonby räusperte sich, schob eine Scheibe in den Recorder neben seinem Schreibtisch und drückte den Startknopf.

»Liebe Eltern«, begann er. »Ihre Tochter, die jetzt das dritte Jahr an diesem Institut studiert, hat das Alter erreicht, in dem sie an dem Hauswirtschaftskurs ›Wie man einen Ehemann gewinnt und behält‹ teilnehmen kann.

Die Statistik zeigt, daß Mädchen, die diesen hervorragenden Kurs erfolgreich abgeschlossen haben, früher heiraten und längere und glücklichere Ehen führen als jene, die seine Vorzüge nicht kennengelernt haben. Wir empfehlen ihn Ihnen daher dringend.

Wegen der besonderen Eigenart des verwendeten Anschauungsmaterials muß ich jedoch um Ihre Zustimmung bitten. Sie können Ihre Zustimmung dadurch geben, indem Sie diese Scheibe verwenden und nach Beendigung meiner Mitteilung Ihr Gerät von Wiedergabe auf Aufnahme schalten. Bitte geben Sie Ihren vollen Namen und den Ihrer Tochter an und versehen Sie die Rückseite mit Ihrem Daumenabdruck zum Zeichen Ihres Einverständnisses.

Mit freundlichen Grüßen, Literat Erster Klasse Ralph C. Prestonby, Schulleiter.«

Er steckte die Scheibe in einen Umschlag, überprüfte eine Liste von Namen und Adressen und legte diese ebenfalls dazu. Sein Sekretariat würde Kopien herstellen und den Versand übernehmen.

Jetzt noch ein Blick auf den Wintersportplan, den er ebenfalls abzeichnete und mit seinem Daumenabdruck versah.

Er lud seinen Recorder mit der Morgenpost, schaltete ihn auf Wiedergabe und drückte den Startknopf.

Beim Zuhören blies er Rauchringe gegen die Decke und

spielte mit einem Dolch, der aus einer Feile gefertigt war. Vor ein paar Tagen hatte man damit nach ihm geworfen.

Die Erfindung des Taschenrecorders, der es erlaubte, das Diktat einer halben Stunde auf einer Scheibe von fünfzehn Millimeter Radius unterzubringen, hatte mehr dazu beigetragen, Geschäftsabläufe zu verlangsamen und zeitraubende Korrespondenz zu fördern, als irgendeine andere Erfindung seit der Einführung der Kurzschrift, der Schreibmaschine und gut gewachsener Stenotypistinnen.

Schließlich nahm er die Kassette aus dem Gerät, warf sie in einen Korb und trug ihn zu seiner Sekretärin hinaus.

»Miss Collins, hören Sie diesen Quatsch an und fertigen Sie mit einigen der anderen Mädchen Abzüge an«, sagte er. »Und hier. Der Sportplan für den Winter und die Elternmitteilung. Sorgen Sie dafür, daß die Mitteilung verschickt wird.«

Er blickte auf die Uhr. »Ich mache jetzt einen Rundgang durch die Gebäude. Die Fernsehmonitore genügen mir nicht. Ich muß die Atmosphäre spüren. Es herrscht eine gewisse Unruhe unter den Schülern. Die Wahl. Der kindliche Drang, Partei zu ergreifen. Wenn Sie mich für irgend etwas Dringendes brauchen, rufen Sie mich nicht, sondern signalisieren Sie Rot — Blau — Rot — Blau auf den Klassenzimmerbildschirmen. Gehen wir, Doug!«

Yetsko, mit dem Gummiknüppel unter dem Arm, kam aus Prestonbys Büro und drückte seine Zigarette aus. Das erinnerte Prestonby daran, daß er immer noch die Pfeife im Mund hatte. Er klopfte sie aus und steckte sie in die Tasche. Dann gingen sie gemeinsam auf den Korridor hinaus.

»Wohin zuerst, Captain?« fragte Yetsko.

»Wir gehen zuerst ins oberste Stockwerk und sehen uns anschließend die Werkräume an. Anschließend schauen wir uns bei der Hauswirtschaft, Betriebswirtschaft und den allgemeinen Künsten um.«

»Und dann kommen wir hierher zurück«, fügte Yetsko hinzu, »falls nichts dazwischenkommt.«

Sie fuhren mit dem Lift ins oberste Stockwerk und betraten einen Lagerraum mit zahllosen Schränken und Regalen, in denen Tonaufzeichnungen, Filme und Bildkarten aufbewahrt wurden; Lernmittel, die man brauchte, um Illiteraten zu erziehen.

Prestonby durchquerte den Lagerraum, schloß eine Tür auf und ging einen kurzen Korridor hinunter. Zehn oder fünfzehn Jungen und Mädchen hatten gerade einen Spirallift verlassen und sich vor einer Tür am anderen Ende aufgestellt. Zwei Aufseher in schwarzem Leder und ein Angehöriger der Schülermitverwaltung mit weißem Gurt und Gummiknüppel hielten vor der Tür Wache.

Prestonby fluchte halblaut. Er hatte gehofft, dieser Prozedur zu entgehen, aber jetzt blieb ihnen nichts anderes übrig, als sich der Schlange anzuschließen. Einer nach dem anderen traten die Jungen und Mädchen vor, sprachen kurz mit den Aufsehern und dem jungen Mann von der Schülermitverwaltung und durften die Tür passieren. Die Aufseher mußten jedesmal aufs neue mit einem Schlüssel aufschließen. Schließlich war Prestonby an der Reihe.

»B, D, F, H, J, L, N, P, R, T, V, X, Z«, sagte er auf.

»A, C, E, G, I, K, M, O, Q, S, U, W, Y«, erwiderte der junge Mann feierlich. »Das Tintenfaß ist trocken und das Buch verstaubt.«

»Aber morgen werden alle schreiben und lesen«, antwortete Prestonby.

Der Aufseher mit dem Schlüssel schloß auf, und Prestonby und Yetsko betraten einen schalldichten Raum, hinter dem ein weiterer Raum lag, in dem eine auf Band aufgezeichnete Stimme verkündete:

»Hut — *ha-uh-te*. H-u-t. Arm — *ah-er-em*. A-r-m. Hand — *ha-ah-en-deh*. H-a-n-d.«

Zur gleichen Zeit waren auf einem Bildschirm an der Stirnwand des Saales Bilder zu sehen, unter denen die Wörter standen.

Etwa zwanzig Jungen und Mädchen saßen an ihren Pulten und blickten auf den Bildschirm.

Sie hatten begonnen, das Alphabet zu erlernen, als die Schule im September angefangen hatte. Jetzt waren sie schon so weit gekommen, daß sie aus Buchstaben einfache Wörter bilden konnten. In einem weiteren Monat würden sie sich mit schwierigen Wortkombinationen befassen. Vielleicht sogar früher. Prestonby hatte festgestellt, daß Kinder, die bis zum zwölften Jahr nicht Lesen gelernt hatten, viel rascher lernten als die Schüler der ersten Klasse in den Literatenschulen.

Was er hier tat, war nicht ausdrücklich verboten. Es widersprach nicht einmal dem Buchstaben der Vorschriften der Gewerkschaft. Aber es mußte heimlich geschehen. Am liebsten hätte er jedem Jungen und Mädchen an der Schule die gleiche Ausbildung zukommen lassen, wie sie diese auserwählte Gruppe bekam. Aber das war natürlich unmöglich.

Die Öffentlichkeit hätte das nie zugelassen; die Polizei hätte einschreiten müssen, um zu vermeiden, daß die Illiteraten ihn und seine Schule in Stücke rissen. Und selbst wenn man das hätte vermeiden können, wäre es doch in der Gewerkschaft zu einem solchen Aufruhr gekommen, daß die ganze Literatenorganisation in sich zusammengebrochen wäre.

Selbst Lancedale hätte eine solche Explosion nicht überstanden, und man hätte wahrscheinlich am nächsten Morgen die Leiche von Literat Erster Klasse Ralph C. Prestonby auf einem unbebauten Grundstück gefunden. Selbst viele der Leute, die Lancedale unterstützten, hätten sich gegen ihn gewandt, weil er das Monopol der Gewerkschaft auf das gedruckte Wort in Frage gestellt hatte.

Das Ganze mußte also geheim bleiben, und da Heranwachsende, die ein Geheimnis kennen, dauernd in Versuchung sind, in Gegenwart Fremder gewisse Andeutungen zu machen, hatte man diesen Hokuspokus mit seinen Ritualen und Parolen und Losungen einführen müssen. Er hatte schon an anderen Verschwörungen teilgenommen und wußte, daß viele Dinge, die auf den ersten Blick melodramatisch wirkten, eine echte psychologische Grundlage hatten.

Er und Yetsko verließen den Übungsraum und betraten ein weiteres schalldichtes Zimmer. Man hatte den alten Lagerraum im letzten Semester des ersten Jahres an der Mineola-Oberschule unterteilt und teilweise schalldicht gemacht. Die Abschlußklasse der Architekturstudenten hatte die Arbeiten übernommen, und dann war ein jeder seiner Wege gegangen, überzeugt davon, daß sie Übungsräume für den Musikunterricht geschaffen hatten. Die Erziehungsbehörde hatte nie davon erfahren.

In diesem zweiten Raum unterrichtete ein Literatenlehrer aus der Gruppe um Lancedale eine Leseklasse aus fünfundzwanzig oder dreißig Schülern. Ein Mädchen stand mit einem Buch in der Hand da und las:

»Festgemauert in der Erden
Steht die Form aus Lehm gebrannt
Heute muß die Glocke werden
Frisch Gesellen, seid zur Hand.

Von der Stirne heiß
Rinnen muß der Schweiß.
Soll das Werk den Meister loben,
Doch der Segen kommt von oben.«

Dann gab sie das Buch — es war das einzige Exemplar, das sie besaßen, an den Jungen weiter, der vor ihr saß. Der erhob sich und las den nächsten Vers. Prestonby blinzelte dem Lehrer zu, nickte und lächelte. Das hier war natürlich eine Klasse im dritten Jahr, aber von Buchstabierübungen zu Schillers Glocke in drei Jahren zu gelangen, war gute Arbeit.

Es gab drei weitere Klassen; insgesamt waren es etwa hundert Schüler. Schwierigkeiten entstanden keine. Sie waren nur mit einem Ziel hier — um zu lernen.

Er sprach mit einem der Lehrer, dessen Klasse gerade an einer schriftlichen Übung arbeitete, dann unterhielt er sich mit einem anderen, dessen einzige Aufgabe im Augenblick darin bestand, Fragen zu beantworten und einer kleinen Klasse zu helfen.

»Nur hundertzwanzig von fünftausend«, sagte Yetsko zu Prestonby, als sie wieder in dem Lift, in dem sie gekommen waren, hinunterfuhren. »Glauben Sie, daß Sie je etwas mit diesen Kindern werden anfangen können?«

»Ich nicht. Du auch nicht«, erwiderte Prestonby. »Aber die Schüler, die von ihnen lernen, werden es eines Tages schaffen. Die hier sind nur ein Kader; es wird fünfzig Jahre dauern, bis man die Auswirkungen wirklich bemerkt. Aber eines Tages —«

In den Werkräumen — die Hälfte der Schulräume diente der Ausbildung für praktische Berufe — ging es laut und geschäftig zu. Hier hielt Prestonby die ganze Zeit über die Hand an seinem Gasprojektor, und Yetsko hielt den Gummiknüppel bereit, entweder um damit zuzuschlagen, oder um ihn mit der Pistole zu vertauschen. Auch die Lehrer waren ständig auf der Hut. Prestonby hatte genügend Strafanstalten gesehen, wo die Wärter weit weniger wachsam sein mußten.

Klempnerei und Hochbau. Maschinenwerkstätte. Schweißerei. Kopter-Reparatur. TV-Reparatur. Die Schule bezog kleine, aber ehrliche Nebeneinnahmen aus dem Verkauf von reparierten Austauschgeräten. Es gab sogar ein Atomlabor, aber dort fand sich nichts, was einen Geigerzähler mehr erregen würde als das Leuchtzifferblatt der Armbanduhr des Lehrers.

Hauswirtschaft, Innenarchitektur, häusliches Werken, Bedienung von Hausgeräten, Schönheitspflege. Er und Yetsko kosteten die Produkte der Kochschule, die für die Mensa bestimmt waren, und fanden sie eßbar, wenn auch phantasielos.

Betriebswirtschaft, Kurse im Diktieren von Briefen, in der Bedienung von Büromaschinen und der Vorbereitung von Lochkarten und dem Ablegen von Tonträgern — immer mit dem Rat: im Zweifelsfalle einen Literaten fragen.

Sprachen: Spanisch und Französisch von Tonträgern. Englisch mit aufgezeichneten Essays, Sprechübungen, Semantik und das, was Prestonby Englische Illiteratur nannte. Die Klasse, die er besuchte, döste gerade bei einem der weniger kurzweiligen Kapitel von *Vom Winde verweht*.

Weltgeschichte: Die Hälfte der Studenten schlief, während eine audiovisuelle Lektion über das Feudalsystem ablief. Nicht ohne mehr oder weniger verborgene Hinweise darauf, wie gut es wäre, dieses System wieder aufleben zu lassen. Die Klöster und Kirchen des Mittelalters wurden mit den Literatengewerkschaften verglichen. Die Klasse, die gerade amerikanische Geschichte durchnahm, war hellwach, denn Custers Massaker stand unmittelbar bevor.

»Wetten, daß einer dieser kleinen Engel noch heute versucht, einen anderen zu skalpieren?« wisperte Yetsko.

Prestonby schüttelte den Kopf. »Ich wette nicht mit. Erinnerst du dich an den Film über die spanische Inquisition, den wir absetzen mußten?«

In diesem Augenblick flackerte auf dem Bildschirm Prestonbys Rufsignal auf.

Rot-Blau-Rot-Blau.

Prestonby erkannte sofort Frank Cardons Gesicht auf dem Bildschirm in seinem Privatbüro. Das runde, normalerweise freundlich blickende Gesicht wirkte ernst, aber die unschuldigen blauen Augen waren so unergründlich wie eh und je. Er trug eine mexikanische Jacke, schwarz und mit silbernen Borten.

»Ich kann Ihr Büro nicht ganz sehen, Ralph«, sagte er, als Prestonby nähertrat. »Sind Sie allein?«

»Bloß Doug Yetsko ist noch da«, sagte Prestonby und fügte, als Cardon zögerte, hinzu: »Seien Sie nicht albern, Frank; er ist mein Leibwächter. Können Sie sich vorstellen, daß es irgend etwas gibt, worüber er nicht Bescheid weiß?«

Cardon nickte. »Nun, wir sitzen ziemlich tief in der Tinte.« Eine Handbewegung deutete an, daß er bis zum Hals in Schwierigkeiten steckte. Er erklärte und beschrieb die Auseinandersetzung zwischen Chester Pelton und Stephen S. Bayne, den Literatenstreik in Peltons Käuferparadies, Peltons Herzattacke und die Umstände, unter denen Claire den Safe geöffnet hatte. »Sie sehen also«, endete er, »es kann sein, daß Latterman versucht hat, Pelton umzubringen. Es kann aber auch sein, daß er nur Claire kompromittieren wollte. Jedenfalls kann ich nichts riskieren — so oder so.«

Prestonby überlegte. »Sie sagen, Claire sei mit ihrem Vater allein im Kaufhaus?«

»Zwei Kaufhauspolizisten sind bei ihnen. Verläßliche Leute mit dem Herz eines Löwen und dem Gehirn eines Goldfisches«, erwiderte Cardon. »Und Russ Latterman. Und vielleicht vier oder fünf Schläger von den Konservativen, die er ins Gebäude eingeschmuggelt hat.«

Prestonby dachte jetzt laut. »Vielleicht hatten sie vor, Pelton zu töten. In diesem Fall werden sie es erneut versuchen. Oder sie wollten bloß enthüllen, daß Claire lesen kann. Es ist schwer zu sagen, was sie sonst noch versuchen können — vielleicht sie entführen, sie unter Drogen setzen und als Gastsprecherin bei einer Fernsehsendung der Konservativen auftreten lassen. Ich fahre gleich zum Kaufhaus hinüber.«

»Gute Idee, Ralph. Wenn Sie nicht daran gedacht hätten, hätte ich das vorgeschlagen. Landen Sie auf dem mittleren Landeplatz und fragen Sie nach einem Polizisten namens Coccozello. Er ist von der Kaufhauspolizei. Und geben Sie meinen Namen an.

Von allen anderen Vorteilen abgesehen ist es eine gute Idee, wenn jemand dort ist, der lesen kann und das auch zugeben darf. Zumindest bis eine neue Literatenmannschaft eingetroffen ist. Sie erwähnten die Möglichkeit einer Entführung. Wie steht es mit Peltons Sohn? Mit Ray?«

Prestonby nickte. »Ich lasse ihn in mein Büro rufen, und da soll er bleiben, bis ich zurückkomme. Yetsko wird auf ihn aufpassen.«

Er wandte sich an den Hünen an der Tür. »Doug, hol Ray Pelton und bring ihn her. Frag Miss Collins, wo er gerade ist.«

Er wandte sich wieder dem Bildschirm zu. »Sonst noch etwas, Frank?«

»Reicht das nicht?« fragte der andere. »Ich rufe Sie in Kürze im Kaufhaus an. Wiedersehen.«

Der Bildschirm wurde dunkel, als Cardon die Verbindung unterbrach. Prestonby stand auf, ging zu seinem Schreibtisch und nahm eine Pfeife. Er kratzte die Asche mit einem Stilett heraus, das einer der Lehrer einem Sechzehnjährigen abgenommen hatte. Dann überprüfte er seine Pistole, vergewisserte sich, daß ein Ersatzmagazin im Halfter steckte, und holte zwei weitere Ersatzmagazine aus einem Wandschrank.

Dann rief er, um sicherzugehen, Peltons Kaufhaus an und sprach mit dem Polizisten, den Frank Cardon erwähnt hatte. Als er fertig war, öffnete sich die Tür, und Yetsko führte Ray Pelton herein.

»Was ist passiert?« fragte der Junge. »Doug hat mir gesagt, daß der Senator ... mein Vater ... wieder einen Herzanfall hatte.«

»Ja, Ray. Ich glaube nicht, daß er wirklich in Gefahr ist. Er ist im Kaufhaus und ruht sich in seinem Büro aus.«

Dann erklärte er dem Jungen in allen Einzelheiten, was vorgefallen war. Ray war erst fünfzehn, hatte aber einen vierjährigen Lesekurs abgeschlossen und konnte wesentlich logischer denken als wenigstens siebzig Prozent der Bevölkerung, die zur Wahl gehen durften. Ray hörte aufmerksam zu und nickte dann.

»Ein abgekartetes Spiel«, sagte er. »Das stinkt wie eine Leimfabrik. Dieser Russ Latterman soll aufpassen, daß ihm nichts zustößt.«

»Ich finde, das überläßt du besser Frank Cardon, Ray«, riet Prestonby. »Ich glaube, da steckt sehr viel mehr dahinter, als er mir gesagt hat. Ich fahre jetzt zum Kaufhaus. Jemand muß bei Claire sein. Ich möchte, daß du hierbleibst. Hier in diesem Zimmer. Wenn dir irgend jemand eine Nachricht schickt und behauptet, sie käme von mir, dann ignoriere sie einfach. Das ist dann bestimmt eine Falle. Wenn ich mit dir in Verbindung treten will, rufe ich dich auf der Privatleitung an, und du kannst mich auf dem Bildschirm erkennen.«

»Sie meinen also, jemand könnte versuchen, mich zu entführen — mich oder Claire — um den Senator zu erpressen, seine Kandidatur zurückzuziehen oder so etwas?« fragte

Ray, und seine Augen weiteten sich.

»Du kapierst schnell, Ray«, sagte Prestonby. »Doug, du bleibst bei Ray, bis ich zurückkomme. Laß ihn keine Sekunde aus den Augen. Miss Collins soll euch beiden etwas zu Essen heraufschicken lassen. Und wenn ich bis fünfzehn Uhr nicht zurück bin, bringst du ihn nach Hause und bleibst dort bei ihm.«

7

Frank Cardon verbrachte eine halbe Stunde damit, die Büros der Ortsverbände der Radikalsozialisten zu besuchen. Auch im Büro Manhattan, das er unmittelbar nach seinem Gespräch mit Prestonby besuchte, wußte man bereits Bescheid.

Die Atmosphäre optimistischen Triumphs, die nach Mongerys Fernsehsendung und seinem Bericht über die Trotter-Poll-Hochrechnung entstanden war, war wie weggeblasen.

Die Literaten, die als Bürohelfer dienten, hatten sich im kleinen Kreis versammelt und wirkten offensichtlich besorgt. Gleichzeitig aber schien ihnen die Reaktion der Parteifunktionäre Freude zu machen.

In kleineren und dauernd wechselnden Gruppen sammelten sich die freiwilligen Wahlhelfer, die Propagandisten, die Schlägergruppen und redeten in besorgten, verängstigten, teilweise auch verärgerten Tönen. Als Cardon eintrat und man ihn erkannte, drängten alle auf ihn zu. Seine zwei ständigen Leibwächter, die, was keiner der im Raum versammelten Leute wußte, Literaten waren, stellten sich neben ihn. Mit einer Handbewegung brachte Cardon die anderen zum Stehen.

»Keine Aufregung!« rief er. »Ich weiß, was Sie beunruhigt.

Ich war dabei, als es passiert ist, und habe alles gesehen.«

Er wartete, um ihnen Zeit zum Begreifen zu geben, und fuhr dann fort: »Und jetzt passen Sie gut auf! Unser Chef und — wenn er es überlebt — unser nächster Senator war das Opfer eines überlegten Mordanschlages durch Literat Erster Klasse Bayne, der Peltons Vorrat an Nitrokainkapseln wegwarf und ihn dann provozierte und so den Herzanfall auslöste. Wenn Peltons Tochter Claire nicht gewesen wäre, hätte dieser Anfall zum Tode führen können. Claire Pelton verdient die tiefe Dankbarkeit eines jeden Radikalsozialisten im ganzen Staat. Sie ist eine kluge Frau und hat das Leben ihres Vaters, unseres Anführers, gerettet.

Und sie ist kein Literat!« rief er. »Auch wenn das jetzt behauptet wird. Was sie getan hat, hätte jeder einzelne von euch auch vermocht — ich habe es selbst schon getan, um an meinem eigenen Safe heranzukommen und nicht jedesmal warten zu müssen, bis ein Literat ihn für mich öffnet. Sie hat einfach die Literaten beobachtet, die den Safe öffneten, und sich die Kombination oder, besser gesagt, die Einstellungen der Drehknöpfe gemerkt. Und weil sie das vermochte, glaubt ihr, daß sie Literat ist? Jetzt fehlt nur noch, daß ihr auch diesem notorischen Lügner Slade Garner glaubt. Und ihr nennt euch Politiker!« Cardon fluchte unterdrückt.

Als er sich umsah, fielen ihm zwei Männer auf, die sein Bericht offenbar überhaupt nicht beeindruckt hatte. Joe West, ein Hüne mit dicken Armen, einer behaarten Brust und unrasierten blauschwarzen Wangen, und Horace Yingling, dünn, hager und schlaksig. Sie gehörten nicht der Radikalsozialistischen Partei an, sondern dem politischen Aktionskomitee der Vereinigten Illiteratenorganisation. Ihr Wahlspruch war einfacher und direkter als der Chester Peltons. *Nur ein toter Literat ist ein guter Literat*. Cardon richtete sich auf und forderte die beiden direkt heraus.

»Joe, Horace, wie steht's mit euch? Zufrieden, daß Miss Pelton kein Literat ist?«

Yingling sah West an, und West blickte fragend zurück.

»Klar, sicher, Mr. Cardon«, meinte Yingling etwas zögernd. »Jetzt, wo Sie's erklärt haben, leuchtet uns das ein.«

In einigen der anderen Ortsverbände war es schwieriger. Ein Fanatiker, der behauptet hatte, Cardon sei ein Spitzel der Literaten, zog eine Waffe. Cardons Leibwächter entwaffneten ihn.

In einem anderen Parteilokal behauptete einer, nicht nur Claire Pelton, sondern auch ihr jüngerer Bruder Ray seien Literaten. Cardons Leute drängten ihn aus dem Gebäude und kamen nach etwa zwanzig Minuten allein zurück. Cardon hoffte, daß man die Leiche erst nach Beendigung der Wahl finden würde.

Schließlich ließ er seinen Kopter und die beiden Leibwächter auf einem öffentlichen Landeplatz zurück und begab sich auf Geheimwegen in William A. Lancedales Büro. Lancedale saß immer noch an seinem Schreibtisch und schien sich nicht mehr bewegt zu haben, seit er seinen Vertrauensmann am Morgen desselben Tages verabschiedet hatte.

»Nun, jetzt ist der Teufel los«, begrüßte ihn Cardon. »Zuerst Gardners Fernsehauftritt heute morgen, und dann —«

»Guthrie Parham kümmert sich darum. Es wird alles geschehen, um Gardner unglaubwürdig zu machen«, versicherte Lancedale. »Und selbst aus der Geschichte im Kaufhaus kann man Nutzen ziehen. Am Ende bringt uns das vielleicht sogar noch ein paar zusätzliche Stimmen ein. Wir hatten inzwischen eine improvisierte Sitzung — Joyner für den Einzelhandel, Starke für die Beschwerdeabteilung und vier oder fünf weitere, darunter auch ich. Wir haben Bayne vorgeladen und uns seinen Bericht angehört. Einer unserer Agenten im Kaufhaus hat uns ebenfalls Bericht erstattet.

Bayne hat wahrscheinlich eine Belobigung erwartet. Statt dessen haben wir ihn ziemlich fertiggemacht. Natürlich traf es zu, daß Pelton ihn geschlagen hatte, und wir können einfach nicht zulassen, daß Literaten so behandelt werden, gleichgültig, ob sie die Reaktion provoziert haben oder nicht. Also haben wir beschlossen, von Pelton eine Geldbuße von zehn Millionen zu verlangen und ihm gleichzeitig zehn Millionen Schadenersatz für den wilden Streik der Literaten zu bezahlen.

Wir haben eine neue Literatengruppe zum Kaufhaus geschickt und Bayne nach Brooklyn verbannt, wo er in einem Laden, der sich ›Stillman's Gebrauchtkopter und Alteisenbazar‹ nennt, arbeiten soll. Die nächsten Monate wird er wohl nur in gebrauchte Autoreifen kneifen können. Aber seien Sie ihm nicht bös. Ich glaube, er hat uns einen Gefallen getan.«

»Sie meinen, indem er einen Keil zwischen Pelton und die Vereinigte Illiteratenorganisation gesetzt hat, den wir nach der Wahl noch tiefer treiben können?«

»Nein. Daran hatte ich noch gar nicht gedacht, Frank«, lächelte Lancedale. »Aber man sollte sich die Taktik merken und wieder darauf zurückkommen. Ich habe an die unmittelbareren Auswirkungen auf die Wahlen gedacht —«

Der Summer auf Lancedales Schreibtisch unterbrach ihn, und eine Stimme kam aus der Sprechanlage:

»Dringende persönliche Nachricht, Sir. Kommt von einem gewissen Sforza.«

Cardon erkannte den Namen. Vielleicht hatten die Unabhängigen Konservativen auch ihre Schwierigkeiten, dachte er hoffnungsvoll. Dann erschien auf Lancedales Fernsehschirm ein geradezu unglaublich durchschnittlich wirkendes Gesicht.

»Sforza, Sir«, gab sich der Mann auf dem Bildschirm zu erkennen. »Tut mir leid, daß ich mich verspätet habe, aber ich konnte das Gebäude erst vor ein paar Minuten verlassen und mußte mich zuerst vergewissern, daß ich nicht beschattet wurde. Ich habe zwei neue Tatsachen erfahren. Erstens: die Konservativen haben Einsatzgruppen von außerhalb hereingebracht, aus Philadelphia und aus Wilkes-Scranton und aus Buffalo. Die Leute tragen Zivil und konzentrieren sich in der unteren Hälfte von Manhattan. Sie haben versteckte Waffen, und die Kapuzen sind unter den Mänteln verborgen. Zweitens: ich habe Bruchstücke einer Unterhaltung zwischen zwei Anführern der konservativen Truppen abgehört. Der Text lautet wie folgt: ›... in China anfangen ... 13 Uhr 30‹; und dann: ›... es muß unbedingt spontan wirken oder so, als geschehe es aus geschäftlichen Gründen ...‹«.

»Versuchen Sie, so schnell wie möglich weitere Informationen zu beschaffen«, ordnete Lancedale an. »Wir müssen bis 13 Uhr wissen, was die vorhaben.«

»Jawohl, Sir.« Lancedales Spion in der Zentrale der Unabhängigen Konservativen nickte und verschwand vom Bildschirm.

»Was halten Sie davon, Frank?« fragte Lancedale.

»China ist offensichtlich ein Deckname für irgendeinen Ort in Manhattan, wo die Schlägerbrigaden der Konservativen konzentriert sind. Chinatown ist es bestimmt nicht. Da würden sie bestimmt entweder Chinatown sagen und nicht China, oder sie würden einen Decknamen wählen, der nicht so durchsichtig ist.« Cardon überlegte. »Aber was sie um 13 Uhr 30 — das ist in knapp zweieinhalb Stunden — anfangen wollen, kann ich mir ziemlich gut vorstellen. Bestimmt irgendeinen Aufruhr.«

»Ein Aufruhr, der so getarnt ist, daß man meint, er hätte geschäftliche Gründe«, fügte Lancedale hinzu. »Das läßt einen an die Docks oder ans Großhandelsviertel oder etwas Ähnliches denken.«

Er bewegte die Hand vor der Fotozelle seiner Sprechanlage. »Ich möchte Major Slater sprechen«, sagte er. Und kurz darauf. »Major, schicken Sie eine Abteilung nach Long Island zu Chester Peltons Haus. Lassen Sie das ganze Anwesen nach Sprengsätzen durchsuchen und stellen Sie bis auf weiteres Posten aus. Mit dem Personal werden Sie keine Schwierigkeiten haben. Die Leute werden alle von uns bezahlt.

Ihre Leute dürfen unter keinen Umständen, ich wiederhole, unter gar keinen Umständen Uniform tragen oder in irgendeiner Weise den Anschein erwecken, als stünden sie mit uns in Verbindung. Eine weitere Abteilung schicken Sie in Peltons Kaufhaus. Zivil und verborgene Waffen. Sie sollen die Lederhelme in Einkaufstaschen tragen und sich in allen Verkaufsräumen verteilen, so als wären sie Kunden.

Eine Kompanie, uniformiert und mit schweren Waffen ausgerüstet, stellen Sie für sofortigen Koptereinsatz bereit.« Er berichtete dem Major über die Geheimmeldung, die er erhalten hatte, und welche Schlüsse er daraus zog. Der Offizier wiederholte die Instruktionen, und Lancedale schaltete ab.

»So, Frank«, sagte er. »Ich habe gesagt, daß wir aus Claire Peltons Literatenzugehörigkeit Vorteile ziehen können. Um dreizehn Uhr findet eine Ratssitzung statt. Jetzt will ich Ihnen erklären, was Joyner und Graves meiner Meinung nach unternehmen werden und was ich als Gegenmaßnahme beabsichtige —«

Zwei Männer in der schokoladebraunen Uniform von Peltons Kaufhauspolizei warteten bereits, als Prestonbys Kopter auf dem Dach landete. Einer salutierte und fragte: »Literat Prestonby? Miss Pelton erwartet Sie; sie befindet sich im Büro ihres Vaters. Wenn Sie mir bitte folgen wollen, Sir.«

Prestonby hatte gehofft, sie allein anzutreffen, aber als er das Büro betrat, sah er, daß fünf oder sechs Kaufhausangestellte bei ihr waren.

Seit sie den Safe ihres Vaters geöffnet hatte, hatte sie offenbar gar nicht mehr versucht, die Tatsache zu verschleiern, daß sie des Lesens und Schreibens kundig war. Der große Schreibtisch war mit Papieren übersät, und sie arbeitete daran mit dem Geschick eines echten Literaten, während die anderen gebannt und entsetzt zusahen.

»Augenblick, Mr. Hutschnecker«, sagte sie zu dem weißhaarigen Mann in dem blau-orangen Straßenanzug, mit dem sie gerade gesprochen hatte, und legte die gedruckte Preisliste beiseite. Dann stand sie auf und kam auf Prestonby zu.

»Ralph!« begrüßte sie ihn. »Frank Cardon hat mir gesagt, daß du kommen würdest. Ich —«

Einen Augenblick erinnerte er sich an jenen Nachmittag vor mehr als zwei Jahren, als sie sein Büro in der Schule betreten hatte und er in ihr die ältere Schwester des jungen Ray Pelton erkannt hatte.

»Professor Prestonby«, hatte sie mit anklagender Stimme begonnen, »Sie haben meinen Bruder Raymond Pelton das Lesen gelehrt!«

Darauf war er vorbereitet gewesen. Er hatte gewußt, daß früher oder später so etwas kommen würde. Er hatte versucht, sie zu beruhigen.

»Ich glaube, Sie machen sich da unnötige Sorgen. Die meisten Jungen in Rays Alter machen eine Phase durch, in der sie das behaupten. Das ist genauso zu betrachten wie die Phase, in der sie ein paar Jahre früher Luftpiraten oder Hijackers gespielt haben. Der Trick besteht meist darin, daß man sich irgend etwas merkt, was man von einer Recorderscheibe gehört hat, und dann so tut, als läse man es vor.«

»Versuchen Sie doch nicht, mich für so dumm zu verkaufen, Professor. Ich weiß, daß Ray lesen kann. Ich kann es beweisen.«

»Und was ist, wenn er wirklich ein paar Worte gelernt hat?« hatte er pariert. »Sind Sie sicher, daß ich es ihm beigebracht habe? Und falls das zuträfe, was hatten Sie vor, dagegen zu unternehmen? Werden Sie mich als Jugendverderber anzeigen?«

»Nein, wenn Sie mich nicht dazu zwingen«, hatte sie kühl geantwortet. »Ich werde Sie erpressen, Professor. Ich möchte, daß Sie mir auch das Lesen beibringen.«

Jetzt, im Büro ihres Vaters, in Gegenwart der Angestellten, konnten sie nur einen schnellen Händedruck und einen Blick wechseln.

»Wie geht es ihm, Claire?« fragte Prestonby.

»Für den Augenblick ist er außer Gefahr. Es war gerade ein Arzt hier. Er ist vor wenigen Sekunden wieder gegangen. Er brachte Nitrokainkapseln, und er hat Vater ein Schlafmittel gegeben. Er liegt jetzt im Nebenzimmer.« Sie führte ihn zu einer Tür in der Rückwand des Büros und bedeutete ihm, einzutreten. Dann folgte sie ihm. »Er wird noch zwei Stunden schlafen.«

Der Raum war eine Art Schlaf- und Ankleidezimmer, mit einer winzigen Toilette und einer ebenso winzigen Duschkabine dahinter. Pelton lag auf dem Rücken und schlief. Sein Gesicht war bleich, aber sein Atem ging leicht und gleichmäßig. Zwei Kaufhauspolizisten spielten auf dem kleinen Tisch Karten. Neben dem einen Polizisten lag ein Revolver auf dem Tisch.

»Danke, meine Herren«, sagte Claire. »Gehen Sie jetzt ins Büro hinaus. Rufen Sie mich, wenn in den nächsten Minuten irgend etwas sein sollte.«

Der ältere Polizist wollte Einwände erheben. Aber Claire ließ ihn nicht zu Wort kommen.

»Hier besteht keine Gefahr. Dieser Literat ist vertrauenswürdig. Er ist ein Freund von Mr. Cardon. Er arbeitet in der Brauerei. Es ist schon in Ordnung.«

Die beiden standen auf und gingen hinaus. Die Tür ließen sie einen Spalt offen. Prestonby und Claire warfen wie zwei Marionetten, die an der gleichen Schnur hingen, einen schnellen Blick auf die Tür, und dann lagen sie sich in den Armen. Chester Pelton schlief friedlich, während sie sich küßten.

Schließlich beendete Claire die Umarmung und blickte auf ihren ruhenden Vater.

»Ralph, was hat das alles zu bedeuten?« fragte sie. »Ich habe nicht einmal gewußt, daß du und Frank Cardon Bekannte wart, ganz abgesehen davon, daß er über uns Bescheid weiß.«

Prestonby dachte fieberhaft nach. Er war bemüht, einen sicheren Pfad durch den Dschungel von Claire Peltons in Konflikt miteinander stehenden Loyalitäten, seiner eigenen Loyalität und der Liebe, die er für sie empfand, zu finden. Wieviel durfte er ihr anvertrauen?

»Und Cardon ist richtig theatralisch geworden«, fuhr Claire fort. »Man könnte gerade meinen, er läuft mit einem schwarzen Umhang und mit dem Dolch im Gewand herum. Er redet von Anschlägen auf das Leben meines Vaters, auf mich und —«

»Es gibt viele Leute, die heutzutage etwas zu verbergen haben«, sagte Prestonby. »Ob es nun Literatenkassaks oder andere Kostüme sind. Und Dolche gibt es auch eine Menge. Du hast also nicht gewußt, daß Frank Cardon Literat ist, oder?«

Ihre Augen weiteten sich. »Und dabei habe ich mir immer eingebildet, ich könnte es jedem an der Nasenspitze ansehen, ob er lesen kann oder nicht«, sagte sie. »Nein, ich habe nie geahnt —«

Jemand klopfte an die Tür. »Miss Pelton«, rief die Stimme des einen Polizisten. »Ein Anruf aus dem Literatenhauptquartier.«

Prestonby lächelte. »Wenn es dir nichts ausmacht, übernehme ich das«, sagte er. »Ich vermute, daß ich jetzt Cheflliterat dieses Unternehmens bin.«

Sie folgte ihm, als er in Peltons Büro hinaustrat. Als er den Schirm einschaltete, blickte ihm ein junger Mann im weißen Kassak mit dem Abzeichen des Exekutivkomitees der Gewerkschaft an. Er zuckte leicht zusammen, als er Prestonby erkannte.

»Literat Erster Klasse Ralph M. Prestonby, Chefliterat in Peltons Käuferparadies«, meldete sich Prestonby.

»Literat Erster Klasse Armandez vom Exekutivkomitee«, stellte sich der Mann auf dem Bildschirm vor. »Ich rufe an im Zusammenhang mit dem Angriff, den Chester Pelton auf Literat Erster Klasse Bayne verübt hat.«

»Fahren Sie fort und nehmen Sie zur Kenntnis, daß wir nichts zugeben«, erklärte Prestonby.

»Eine außerordentliche Ratssitzung hat Pelton der versuchten Körperverletzung schuldig gesprochen und ihm eine Buße von zehn Millionen Dollar auferlegt«, verkündete Armandez.

»Dagegen protestieren wir«, erwiderte Prestonby automatisch.

»Augenblick noch, Literat. Der Rat hat Peltons Käuferparadies für die Schäden, die durch die Unterbrechung des Literatendienstes entstanden sind, Schadenersatzansprüche in Höhe von zehn Millionen Dollar zuerkannt und Literat Bayne einen Verweis erteilt, weil er ohne Zustimmung des Rates zum Streik aufgerufen hat. Außerdem wird eine neue Literatengruppe mit Novizen, Leibwächtern und so weiter sofort zum Kaufhaus geschickt. Es wäre selbstverständlich weder im Sinne der Gewerkschaft, noch Peltons, noch der Öffentlichkeit, wenn Literat Bayne oder seine Leute den Dienst wieder aufnehmen. Es ist ihm deshalb eine andere Tätigkeit zugeteilt worden.«

»Danke. Wann können wir mit dieser neuen Literatenmannschaft rechnen?« fragte Prestonby.

Der Mann auf dem Bildschirm blickte auf die Uhr. »Wahrscheinlich binnen einer Stunde. Wir mußten einige Umstellungen vornehmen. Sie wissen ja, wie das ist. Und — entschuldigen Sie eine persönliche Frage, Literat. Was machen Sie in Peltons Käuferparadies? Ich war der Meinung, Sie seien Leiter der Mineola-Oberschule?«

»Das ist eine gute Frage.« Prestonby überlegte schnell. »Ich würde vorschlagen, daß Sie diese Frage meinem Vorgesetzten, Literat Lancedale, stellen.«

Der Mann auf dem Bildschirm kniff die Augen zusammen. Ein weniger disziplinierter Mann hätte wahrscheinlich vor Erstaunen den Mund bis zum Bauchnabel aufgerissen.

»Nun! Es war mir ein Vergnügen, Literat. Guten Tag.«

9

»Miss Pelton!« Der Mann in dem blau-orangen Straßenanzug suchte immer noch ihre Aufmerksamkeit auf sich zu lenken. »Wo sollen wir diese Ware lagern? Russ Latterman ist in den Verkaufsräumen, und ich kann ihn nicht finden.«

»Um was handelt es sich?«

»Feuerwerksartikel für den Friedenstag. Wir wollen sie erst um die Monatsmitte ins Angebot geben.«

»Möchte wissen, was sich der Lieferant gedacht hat, die Ware jetzt schon anzuliefern. Der Friedenstag ist doch erst am zehnten Dezember. Schaffen Sie das Zeug ins feuersichere Lager.«

»Das ist voll mit Filmen, Sportmunition und anderer feuergefährlicher Ware. Wir brauchen diese Bestände wahrscheinlich noch während des Ausverkaufs«, wandte der Illiterat ein.

»Der Wetterbericht für die nächsten zwei Tage ist gut«, warf Prestonby ein. »Warum stapeln Sie die Feuerwerksartikel nicht einfach auf der obersten Landebühne hinter dem Kontrollturm und stellen Warntafeln auf?«

Der Mann — Prestonby erinnerte sich, daß Claire ihn mit Hutschnecker angesprochen hatte — nickte.

»Das könnte gehen. Wir werden die Kisten mit Planen abdecken.«

Ein Summer ertönte, und einer der Illiteraten hob einen Telefonhörer ab. Er lauschte einen Augenblick und wandte sich dann um.

»Unten in der Pelzabteilung ist eine Mrs. H. Armytage Zydanowycz. Sie möchte einen Nerzmutationsmantel kaufen und hat nur eine halbe Million Dollar bei sich. Hat sie Kredit bei uns?«

Claire reichte Prestonby ein schwarz eingebundenes Buch.

»Das ist ein vertrauliches Kundenregister. Schlag bitte mal nach«, sagte sie.

Wieder summte ein Telefon, noch ehe Prestonby den Eintrag über die Zydanowycz gefunden hatte. Der Illiterat legte den einen Hörer zur Seite und griff nach dem anderen.

»In der Kurzwarenabteilung ist das Kleingeld ausgegangen. Scheint, daß alle Leute dort in der letzten Stunde Schnürsenkel für einen Dollar gekauft und mit Tausendern bezahlt haben.«

»Ich kümmere mich darum«, erbot sich Hutschnecker. »Will bloß zuerst den Kontrollturm anrufen und wegen der Feuerwerksartikel Bescheid geben.«

»Kredit in welcher Höhe möchte Mrs. Armytage Zydanowycz denn haben?« fragte Prestonby. »Hier steht, daß ihr Mann für fünfzehn Millionen gut ist. Innerhalb dreißig Tagen sogar für fünfzig.«

»Die Mäntel kosten bloß fünf Millionen«, sagte Claire. »Man soll ihn ihr ruhig verkaufen, aber dafür sorgen, daß man ihren Daumenabdruck kriegt. Und den Abdruck sollen sie gleich raufschicken, damit wir ihn mit der Kartei vergleichen können.«

»Oh, Miss Pelton, wissen Sie schon, wie wir die neue Literatenmannschaft einteilen werden, wenn sie eintrifft?«

»Ja, hier ist der Organisationsplan.« Sie schob dem Angestellten einen Plan über den Tisch. »Ich habe ein paar Notizen dazu gemacht. Die können Sie dem leitenden Literaten mitgeben.«

So ging es die nächste Stunde weiter. Als die neue Literatenmannschaft eintraf, stellte Prestonby zu seiner Freude fest, daß die Leitung bei einem guten Freund lag, der ebenfalls zu Lancedales Gruppe gehörte. Wenn man bedachte, daß die Abteilung Einzelhandel von Wilton Joyner geleitet wurde, war das ein gutes Vorzeichen. Lancedale mußte in hohem Maße erfolgreich gewesen sein und dem Rat seinen Willen aufgezwungen haben.

Prestonby erkannte, daß er einige Zeit brauchte, um den neuen Chefliteraten in die Einzelheiten der Geschäfsführung einzuweihen. Claire sollte in der Konferenz nicht zu sehr in den Vordergrund treten, obwohl ihm klar war, daß es höchstens eine halbe Stunde dauern würde, bis jeder der neuen Literaten über ihre Fähigkeiten im Bilde war. Wenn sie nur nach dem Öffnen des Safes die Dumme gespielt hätte —.

Um 13 Uhr hatten die neuen Literaten die Leitung übernommen, und der Ausverkauf lief wieder glatt. Latterman war irgendwo in den Verkaufsräumen und half ihnen. Claire ließ für sich und Prestonby aus dem Restaurant etwas zu essen bringen, und dann saßen sie eine Weile schweigend da und aßen. Als sie beim Nachtisch angelangt waren, wiederholte sie die Frage, die er bis jetzt noch nicht beantwortet hatte.

»Du sagtest, Frank Cardon sei Literat?« meinte sie. »Wie kommt er dann dazu, den Wahlfeldzug meines Vaters zu leiten? Ist er ein Spitzel?«

Prestonby schüttelte den Kopf. »Du glaubst wahrscheinlich, die Literaten seien eine einheitliche Organisation, in der jeder über die Ziele und die eingesetzten Mittel genau so denke wie der andere und in der alle harmonisch zusammenarbeiten? So soll das auch von außen gesehen wirken. Im Innern aber spielt sich ein erbitterter Kampf zwischen zwei Fraktionen ab. Es geht um die künftige Politik und um die Leitung der Organisation. Die eine Fraktion möchte den Status quo erhalten wissen, daß also eine Handvoll Literaten auch in Zukunft für die breite Masse das Lesen und Schreiben übernimmt und das Monopol darauf hat. An der Spitze dieser Fraktion stehen zwei Männer — Wilton Joyner und Harvey Graves. Bayne gehört ebenfalls dieser Gruppe an.«

Er hielt inne und überlegte. Wenn Lancedale die Oberhand gewonnen hatte, so hatte sich möglicherweise die Haltung der Joyner-Graves-Gruppe gegenüber Pelton geändert. In diesem Falle war es am besten, möglichst wenig gegen Russel Latterman zu sagen. Sollte Bayne noch eine Weile als der Schurke gelten.

»Bayne«, fuhr er fort, »gehört einer kleinen Minderheit von Fanatikern an, die aus dem Literatentum eine Art Religion machen wollen. Ich vermute, daß er die Medizin deines Vaters beiseitegeschafft hat und ihn dann bewußt gereizt hat, so daß es zu dem Herzanfall kam. Das hat nichts mit der Politik der Joyner-Graves-Gruppe zu tun. Er hat das auf eigene Faust inszeniert. Wahrscheinlich ist deswegen schon ein Disziplinarverfahren gegen ihn eingeleitet. Aber die Gruppe Joyner-Graves arbeitet jedenfalls darauf hin, daß dein Vater bei den Wahlen unterliegt und Grant Hamilton wiedergewählt wird.

An der Spitze der anderen Fraktion steht ein Mann, von dem du wahrscheinlich noch nie gehört hast — William R. Lancedale. Ich gehöre seiner Gruppe an, genauso wie auch Frank Cardon. Wir wollen, daß dein Vater gewählt wird, weil die Sozialisierung des Literatentums am Ende den Literaten die völlige Kontrolle über die Regierung in die Hand geben wird. Wir möchten auch, daß sich das Literatentum immer weiter ausbreitet und daß am Ende wieder alle Menschen lesen und schreiben können, so wie es vor dem vierten Weltkrieg war.«

»Aber würde das nicht das Ende der Literatengewerkschaft bedeuten?« fragte Claire.

»Das behaupten auch Joyner und Graves. Wir glauben das nicht.«

»Und wenn es so wäre?« fragte Claire weiter.

»Lancedale hat einmal gesagt: wenn wir so unfähig sind, daß wir den Rest der Welt in ewiger Verdummung halten müssen, um uns unseren Lebensunterhalt zu verdienen, so ist die Welt ohne uns besser dran. Er sagte, daß jede Oligarchie in sich den Keim ihrer eigenen Vernichtung trägt, daß wir, wenn wir uns nicht mit der Menschheit weiterentwikkeln, in jedem Fall zum Tod verurteilt sind.

Deshalb wollen wir, daß dein Vater gewählt wird. Wenn er es schafft, daß sein Programm des sozialisierten Literatentums angenommen wird, werden wir in der Lage sein, die Öffentlichkeit mit so vielen Kontrollorganen und Einschränkungen zu belasten, daß selbst der eingefleischteste Illiterat lesen lernen möchte. Lancedale behauptet, daß ein Privatmonopol wie das unsere schlecht sei, daß aber ein Regierungsmonopol unerträglich sei und daß für die Öffentlichkeit dann nur der eine Weg offenbliebe, selbst das Lesen und Schreiben zu erlernen.«

Sie blickte auf die Tür zu Peltons Ruhezimmer. »Armer Senator«, sagte sie leise. »Er haßt das Literatentum so sehr, und seine eigenen Kinder sind Literaten, und sein Programm gegen das Literatentum wird ins Gegenteil verkehrt.«

»Aber du räumst doch ein, daß wir recht haben und er unrecht?« fragte Prestonby. »Das mußt du doch, sonst wärst du nie zu mir gekommen, um lesen zu lernen.«

»Er ist ein guter Vater. Ich möchte nicht, daß man ihm wehtut«, sagte sie. »Aber Ralph, du bist der Mann, den ich liebe. Ich bin für alles, für das du eintrittst, und gegen alles, was du bekämpfst.«

Er griff über den Tisch nach ihrer Hand.

»Claire, jetzt, wo es alle wissen —« begann er.

»*Katastrophenfall! Katastrophenfall!*« plärrte eine

Stimme aus der Sprechanlage an der Wand. *»Schwerer Zwischenfall in Abteilung zweiunddreißig! Schwerer Zwischenfall in Abteilung zweiunddreißig!«*

Die Stimme brach ebenso plötzlich ab, wie sie begonnen hatte, aber die Geräusche aus dem Lautsprecher verstummten nicht. Man hörte jetzt ein Gewirr von Schreien, Fluchen, kreischende Frauenstimmen und das Krachen von Möbeln, die zerschlagen wurden. Prestonby und Claire sprangen auf.

»Habt ihr eingebaute Kameras?« fragte er. »Wie funktionieren die? Wie die in der Schule?«

Claire drehte einen Knopf, bis die Zahl 32 auf einer Skala aufleuchtete; dann legte sie einen Schalter um. Die Porzellanabteilung im dritten Stock erschien in Farbe auf dem Schirm. Die Kamera mußte der Sprechanlage, über die der Alarm gegeben worden war, gegenüber liegen; denn sie sahen einen von Peltons Verkäufern bewußtlos daneben liegen. Der Telefonhörer baumelte noch an der Schnur. Die Gänge waren voll drängender, kreischender Frauen, die einander niedertrampelten und verzweifelt versuchten, aus der Abteilung herauszukommen. Dazwischen erkannte man Gruppen von je drei bis vier Männern, die Rücken an Rükken standen. Eine solche Gruppe hatte sich einen Kaufhauspolizisten geschnappt. Drei hielten ihn fest, während ein vierter eine Vase nach der anderen auf dem Kopf des Polizisten zerschlug, die er von einem Regal nahm. Soweit Prestonby erkennen konnte, handelte es sich um Imitationen chinesischer Bodenvasen.

Jetzt kam eine Soßenschüssel aus der Menge geflogen und verfehlte ihr Ziel, die TV-Kamera, nur um wenige Zentimeter. Gleich darauf flog eine blau-weiße Zuckerdose, diesmal besser gezielt, auf dem Bildschirm heran. Sie traf die Kameralinse, und der Schirm erlosch. Nur der Lärm wurde noch übertragen.

10

Cardon blickte auf die Uhr, als er den Sitzungssaal in der Literatenzentrale betrat. Er glättete hastig seinen Kassak unter dem braunen Schulterriemen. Beinahe wäre er zu spät gekommen. In wenigen Minuten würde man die Türen verschließen, und die Sitzung würde beginnen.

Er hatte sich in der ganzen Stadt umgesehen und versucht, mehr zu erfahren, als Sforza ihnen gemeldet hatte. Selbst nach Chinatown war er gefahren, für den Fall, daß man den Decknamen ›China‹ als doppelte Tarnung verwendet hatte. Aber erwartungsgemäß hatte er nichts gefunden. Von den Leuten dort wußte kaum einer, daß Wahlen stattfanden. Schließlich waren sie seit Jahrtausenden an Ideogramme gewöhnt, die nur Experten zu lesen vermochten. Sie rührte die augenblickliche Aufregung über das Literatentum überhaupt nicht.

An der Tür gab er seinen Taschenrecorder ab; Tonaufzeichnungsgeräte mit Ausnahme der großen Kamera an der Decke waren nicht gestattet. Er begab sich zu den Sitzen seiner Fraktion und begegnete zwei weiteren Anhängern Lancedales: Gerard K. Tottington von der technologischen Abteilung, ein Mann mit schmalem Gesicht, sandfarbenem Haar, das allmählich in eine Glatze überging; und Franklin R. Chernov, dem Kommandeur der Literatenleibwächterbrigade mit seinem grauen Schnurrbart, dem narbigen Gesicht und seiner übergroßen Schreibtafeltasche, die fast so groß war wie der Katalog eines Versandhauses.

»Was hat die Joyner-Graves-Gruppe denn ausgeheckt, Frank?« fragte Chernov.

»Wir haben diesmal etwas ausgeheckt«, erwiderte Cardon. »Hat der Chef es Ihnen nicht gesagt?«

Chernov schüttelte den Kopf. »Keine Zeit. Ich bin erst

vor fünfzehn Minuten angekommen. Ich bin in der ganzen Stadt herumgerast, habe aber natürlich nichts gefunden. Und von Sforza ist auch nichts mehr gekommen. Die ganze Sache muß schon vor Wochen geplant worden sein, und es gibt keine einzige Bandaufzeichnung darüber. Aber was soll denn hier geschehen?«

Cardon erklärte es ihm. Chernov pfiff durch die Zähne.

»Mann, der läßt ja nicht nur die Katze aus dem Sack, sondern einen ausgewachsenen Tiger! Hoffentlich frißt er nicht aus Versehen uns auf.«

Cardon sah sich um und erblickte Lancedale, der sich angeregt mit einigen seiner Anhänger unterhielt. Einige von ihnen schienen Chernovs Bedenken zu teilen.

»Ich habe volles Vertrauen zum Chef«, sagte Tottington. »Wenn sein Tiger die anderen auffrißt, soll es mir —« Er deutete mit einer Kopfbewegung auf die andere Seite des Sitzungssaals, wo Wilton Joyner, klein, kahl, pompös, und Harvey Graves, hochgewachsen und hager, von einem halben Dutzend ihrer Berater umringt waren.

Jetzt kam der Ratspräsident, Morehead, aus einem kleinen Nebenzimmer und nahm Platz. Er drückte auf einen Knopf. Ein Gong schlug dumpf an. Lancedale sah sich um, erblickte Cardon und nickte. Zu beiden Seiten des Sitzungssaals nahmen die Literaten ihre Plätze ein, und schließlich verstummte der Gong, und Literatenpräsident Morehead schlug mit seinem Sitzungshammer auf den Tisch.

Die Eröffnungsformalitäten wurden schnell erledigt. Auch die Entscheidung der Sondersitzung am Vormittag, die sich mit dem Zwischenfall in Peltons Käuferparadies beschäftigt hatte, fand die Zustimmung des Gremiums. Schließlich klopfte der Präsident erneut mit dem Hammer auf den Tisch und verkündete, daß jetzt neue Tagesordnungspunkte besprochen werden konnten.

Harvey Graves sprang sofort auf.

»Herr Präsident«, begann er, sobald man ihm das Wort erteilt hatte. »Es kann sich hier kaum um neue Tagesordnungspunkte handeln, da es um ein Problem geht, ein sehr wichtiges Problem, das ich und einige meiner Kollegen in der Vergangenheit schon oft diesem Rat vorgelegt haben. Es geht um das Problem des schwarzen Literatentums!« Er spuckte die zwei Worte aus, als wären sie Gift.

»Herr Präsident, meine Herren Literaten. Wenn es etwas gibt, das unsere Gewerkschaft vernichten könnte, der wir die Arbeit unseres Lebens gewidmet haben, so wäre es die inzwischen weitverbreitete Tendenz, unter Ausschaltung der Gewerkschaft Literatentum zu praktizieren —«

»Das haben wir doch alles schon gehört, Wilton!« rief jemand aus der Lancedale-Gruppe. »Das, was Sie uns jetzt erzählen wollen, ist doch in den letzten dreißig Jahren bei jeder Sitzung zu Protokoll genommen worden.«

»Nun, zum Beispiel diese Sache mit Pelton«, fuhr Graves ihn an. »Sie wissen schon, was ich meine. Ihre Leute sind dafür verantwortlich!« Er wandte sich wieder dem Präsidenten zu und schilderte die Szene, wie Claire Pelton demonstriert hatte, daß sie des Lesens mächtig war. »Und das ist noch nicht alles, meine Herren Literaten«, fuhr er fort. »Seitdem habe ich weitere Berichte aus dem Kaufhaus Pelton erhalten. Claire Pelton hat in aller Öffentlichkeit die Arbeit eines Literaten verrichtet, schriftliche Aufzeichnungen des Kaufhauses gelesen, Lagerlisten überprüft, im Kreditverzeichnis nachgesehen und Preislisten gelesen —«

»Was hat das mit schwarzem Literatentum zu tun?« wollte Gerald Tottington wissen. »Als schwarzes Literatentum verstehen wir, wenn jemand professionell für Geld praktiziert, ohne Mitglied der Gewerkschaft zu sein, oder Literatendienste, die für kriminelle oder politisch subversive

Zwecke eingesetzt werden, oder wenn ein der Gewerkschaft angehörender Literat einen Klienten betrügt. Hier liegt jedoch keiner dieser Fälle vor. Diese junge Frau, die anscheinend Literat ist, nimmt sich lediglich der geschäftlichen Interessen ihrer Familie an.«

»Sie ist von einem Literaten, einem Gewerkschaftsmitglied unter, gelinde gesagt, ungewöhnlichen Umständen und ohne Bezahlung ausgebildet worden. Falls ein Honorar gezahlt wurde, hat die Gewerkschaft jedenfalls keinen Anteil davon erhalten. Und der Literat, der sie ausgebildet hat, hat auch ihren jüngeren Bruder, Ray Pelton ausgebildet, und dieser Literat, von dem man weiß, daß er ihr Geliebter ist —«

»Und wenn er ihr Geliebter ist, was dann?« fragte einer von Lancedales Parteigängern. »Sie sagen selbst, daß sie Literat ist. Damit sind doch alle Einwände ausgeräumt. Wenn sie jetzt vorträte und sich zu ihrem Literatentum bekennen und ihre Fähigkeiten demonstrieren würde, dann könnten doch von der Seite der Gewerkschaft keinerlei Einwände dagegen erhoben werden, daß sie Prestonby heiratet.«

»Und was den Vorwurf betrifft, daß Prestonby sie und ihren Bruder ausgebildet hat«, mischte Cardon sich ein, »so glaube ich, daß er dafür den Dank und das Lob der Gewerkschaft verdient. Er hat dafür gesorgt, daß in einer Familie nach vier Generationen verbohrten Illiteratentums ein neuer Anfang gemacht wird.«

Wilton Joyner war aufgesprungen. »Literat Graves, gestatten Sie einen Antrag?« fragte er. »Vielen Dank, Harvey. Herr Präsident, meine Herren Literaten. Ich stehe mit dem Abscheu, den ich für das schwarze Literatentum empfinde, und mit meiner Gegnerschaft zu den politischen Prinzipien, zu deren Sprecher sich Chester Pelton gemacht hat, nicht allein. Ich bin aber der Meinung, daß die Handlungen und Ansichten illiterater Eltern uns nicht in unserer Wertschätzung der Kinder beeinflussen sollten. Ich habe ebenso wie Literat Graves erfahren, daß diese junge Frau, Claire Pelton, über Kenntnisse verfügt, die jedem Literaten Erster Klasse zur Ehre gereichen würden. Ich habe auch gehört, daß ihr Bruder in keiner Weise einem Novizen unserer Gewerkschaft nachsteht. Um zu demonstrieren, daß wir die Intelligenz eines Literaten respektieren, gleichgültig, wo wir sie finden, um zu zeigen, daß wir nicht so monopolistisch und wirklichkeitsfremd sind, wie unsere Feinde es immer behaupten, um zu beweisen, daß wir keinen Haß gegen alles, was den Namen Pelton trägt, empfinden, stelle ich den Antrag und bitte um Unterstützung, daß Claire Pelton und ihr Bruder Raymond Pelton zu Literaten Dritter Klasse beziehungsweise zum Literaten-Novizen ernannt und damit als Mitglieder der Vereinigten Literatengewerkschaft berufen werden!«

Von der Joyner-Graves-Seite kamen pflichteifrige Rufe: »Ja! Ja! Nehmt die jungen Peltons auf!« Und gleichzeitig überraschte Rufe von den niedrigeren Chargen, die man auf diesen Antrag nicht vorbereitet hatte.

Lancedale stand sofort auf. »Herr Präsident!« rief er. »Angesichts der schwierigen politischen Lage und angesichts der Tatsache, daß Chester Pelton erklärter Feind unserer Gewerkschaft ist —«

»Literat Lancedale«, unterbrach ihn der Präsident. »Über diesen Antrag kann erst debattiert werden, wenn jemand ihn unterstützt hat.«

»Was glauben Sie denn, was ich tue?« gab Lancedale zurück. »Ich unterstütze den Antrag.«

Joyner sah Lancedale überrascht an. Und dann schlug seine Überraschung langsam in Argwohn um. Sein Sekretär, der sich bereits mit einer vorbereiteten Rede erhoben hatte, um den Antrag zu unterstützen, bekam den Mund nicht mehr zu.

»Ferner«, fuhr Lancedale fort, »schlage ich vor, den Antrag von Literat Joyner folgendermaßen zu ergänzen. Ich beantrage, daß die Zeremonie der Ablegung des Literateneides und die Übergabe des Kassaks und der Insignien so bald wie möglich vorgenommen wird und daß eine audiovisuelle Aufzeichnung davon hergestellt und heute abend vor einundzwanzig Uhr ausgestrahlt wird.«

Kommandeur Chernov, den Cardon angestoßen hatte, stand auf. »Ausgezeichnet!« rief er. »Ich unterstütze den Antrag, den Antrag von Literat Joyner zu ergänzen.«

Das schlug wie eine Bombe in das gebannte Schweigen ein. Cardon konnte sich gut vorstellen, was Joyner und Graves jetzt dachten; sie begannen Angst vor ihrem eigenen Vorschlag zu bekommen.

Und was die Lancedale-Literaten anging, so glaubte er auch zu wissen, was viele von ihnen jetzt empfanden. Ihm war es genauso gegangen, als Lancedale ihm den Vorschlag gemacht hatte.

Er stand auf.

»Herr Präsident, meine Herren Literaten.« Er hob die Stimme. »Ich schlage vor, sofort über diesen erweiterten Antrag abzustimmen. Ich persönlich unterstütze ihn vorbehaltlos und hoffe, daß er einstimmig angenommen wird.«

»Augenblick, Augenblick!« warf Joyner ein. »Der Antrag sollte erst diskutiert werden —«

»Was wollen Sie denn da diskutieren?« fragte Chernov. »Schließlich haben Sie ihn doch eingebracht, oder?«

»Nun, ich wollte dem Rat Gelegenheit geben, ihn zu diskutieren. Schließlich betrifft er einen typischen Aspekt unserer Probleme im Umgang mit schwarzen — äh — ich meine, nicht der Gewerkschaft angehörenden Literaten —«

»Sie meinen, Sie ahnten nicht, daß der Schuß nach hinten losgehen könnte!« sagte Cardon. »Nun, da haben Sie eben Pech gehabt. Wir werden jetzt keinen Rückzieher machen.«

»Ich nehme den Antrag zurück!« schrie Joyner.

»Herr Präsident«, sagte Lancedale sanft, und sein Asketengesicht leuchtete wie von innen heraus. »Literat Joyner kann seinen Antrag jetzt nicht mehr zurückziehen. Er hat ordnungsgemäß Unterstützung gefunden und ist dem Haus vorgelegt worden. Ebenso wie mein bescheidener Beitrag. Ich verlange, daß dem Antrag stattgegeben wird.«

»Abstimmung! Abstimmung! Abstimmung!« begannen die Lancedale-Literaten zu skandieren.

»Ich fordere alle meine Anhänger auf, gegen diesen Antrag zu stimmen!« brüllte Joyner.

»Jetzt hör mal zu, Wilton!« schrie Harvey Graves, dessen Gesicht sich vor Wut gerötet hatte. »Du hältst mich ja zum Narren. Schließlich war das von Anfang an deine Idee! Willst du alles zerschlagen, was wir hier erreicht haben?«

»Harvey, wir können das nicht machen«, antwortete Joyner. Er trat schnell neben Graves Platz und flüsterte ihm etwas zu.

»Nur für das Protokoll dieser Sitzung«, sagte Lancedale mit milder Stimme. »Unser Kollege, Literat Joyner, hat gerade Literat Graves zugeflüstert, daß er jetzt, da ich seinen Antrag unterstützt habe, Angst davor hat. Ich glaube, Literat Graves versucht ihn jetzt davon zu überzeugen, daß meine Unterstützung nur als Bluff zu werten ist. Zur Information dieses Gremiums möchte ich ganz kategorisch erklären, daß das nicht zutrifft und daß ich tief enttäuscht wäre, wenn diesem Antrag nicht stattgegeben würde.«

Ein etwas älterer Literat aus der Gruppe um Joyner und Graves, ein kleiner Mann mit kahlem Schädel und schmalem Mund, war aufgestanden. Er sah wie eine alte Ratte aus, die von einem Terrier gestellt wurde.

»Ich war von Anfang an gegen diese närrische Idee!« keifte er. »Wir müssen dafür sorgen, daß die Illiteraten unten bleiben. Wie sollen wir das je erreichen, wenn wir Literaten aus ihnen machen? Aber Sie haben sich wohl für sehr schlau gehalten —«

»Halt den Mund und setz dich, du alter Esel!« schrie ihn einer von Joyners Leuten an.

»Halt doch selber den Mund, Ginter«, kreischte eine hakennasige Literatin aus der Finanzabteilung.

Präsident Morehead schlug verzweifelt mit dem Hammer auf den Tisch. »Ruhe!« schrie er förmlich. »Es ist eine Schande!«

»Das kann man wohl sagen!« dröhnte die Stimme von Kommandeur Chernov. »Wofür halten Sie auf der rechten Seite diese Versammlung eigentlich — für ein politisches Aktionskomitee der Illiteratenorganisation?«

»Abstimmung! Abstimmung!« rief Cardon.

Präsident Morehead klopfte erneut mit dem Hammer auf den Tisch und ließ dann als letztes Mittel den Gong anschlagen.

»Der Antrag ist eingebracht und unterstützt worden; der Ergänzungsantrag ist ebenfalls eingebracht und unterstützt worden. Es wird jetzt eine Abstimmung abgehalten!«

»Namentliche Abstimmung!« forderte Cardon. Vier oder fünf andere Stimmen von beiden Seiten des Saales unterstützten ihn.

»Die Abstimmung findet namentlich statt«, pflichtete Literatenpräsident Morehead ihm bei. »Addison, Walter G.«

»Ja!« Das war ein Anhänger von Harvey Graves.

»Agostino, Pedro V.«

»Ja!« Agostino gehörte zu Lancedales Fraktion.

Und so ging es weiter. Graves stimmte für den Antrag, Joyner dagegen.

Die gesamte Lancedale-Fraktion, die jetzt davon überzeugt war, daß ihr Anführer der Opposition eins ausgewischt hatte, stimmte einmütig dafür.

»Die Abstimmung hat 183 Ja-Stimmen und 72 Nein-Stimmen ergeben«, verkündete Literatenpräsident Morehead schließlich. »Der Antrag ist angenommen. Literat Lancedale, Sie sind hiermit beauftragt, einen Ausschuß ins Leben zu rufen und für die Durchführung zu sorgen.«

11

Prestonby riß die Tür zu dem Ruheraum auf, wo Coccozello und sein Untergebener den noch immer bewußtlosen Pelton bewachten.

»Coccozello! Wer hat jetzt das Kommando über die Kaufhauspolizei?«

Coccozello sah ihn einen Augenblick verblüfft an. »Wahrscheinlich ich«, sagte er schließlich. »Leutnant Dunbar hat gerade Urlaub. Er ist in Mexiko; Captain Freizer im Krankenhaus. Er ist gestern abend plötzlich erkrankt.«

Wahrscheinlich vergiftet, dachte Prestonby und beschloß im stillen, herauszufinden, um welches Krankenhaus es sich handelte und dort mit einem der Ärzte zu sprechen.

»Nun, dann kommen Sie heraus, Coccozello, und sehen Sie sich die Aufnahmen an. Wir haben ziemlichen Ärger.«

Coccozello konnte den Lärm hören, der immer noch aus dem Gerät mit dem dunklen Bildschirm drang. Während er vortrat, schaltete Claire auf eine andere Kamera, die in einigem Abstand von der zerschlagenen angebracht war. Eine Woge von Kundinnen strömte aus der Porzellanabteilung in die Glasabteilung. Als sie mit den Kunden dort zusammenprallte, entstand heftiges Gedränge. Zwei Polizisten versuchten sich durch die dichtgedrängten Menschenmassen zu schieben, hatten aber nur geringen Erfolg. Coccozello fluchte und rief über Telefon Reserven herbei.

»Augenblick mal, Coccozello«, mischte sich Prestonby ein. »Setzen Sie dort unten die Reserven nicht ein. Wir werden sie brauchen, um die Räume der Geschäftsleitung abzuschirmen. Was Sie da sehen, ist nur der Anfang eines allgemeinen Aufruhrs.«

»Wer sind Sie überhaupt, und was wissen Sie denn über die Vorgänge?« wollte Coccozello wissen.

»Hören Sie ihm zu, Guido«, sagte Claire zu Coccozello. »Er weiß genau, was er tut.«

»Claire, Sie können doch feststellen, wieviele Kunden das Kaufhaus betreten oder es verlassen?« fragte Prestonby.

»Ja, das kann ich. Hier.« Sie deutete auf ein Digitalgerät auf Chester Peltons Schreibtisch, wo Ziffern tanzten.

»Und die Kasseneinnahmen können Sie doch auch überprüfen. Wie sieht das Verhältnis aus?«

»Schlecht. Sehen Sie doch. Entsprechend der Zahl der Kunden sind die Umsätze absolut unzureichend. Selbst wenn man bedenkt, daß es sich um einen Ausverkauf handelt, wo es viele Schaulustige gibt, die nichts kaufen. Aber was hat das mit —«

Prestonby war bereits wieder an den Fernsehmonitoren und schaltete von Kamera zu Kamera.

»Sehen Sie doch, Coccozello, Claire. Das ist doch keine normale Ausverkaufskundschaft. Oder? Sehen Sie doch diese Gruppen aus jeweils drei oder vier Männern, die bloß darauf warten, daß etwas geschieht. Da hat sich ein Schlägerkommando ins Kaufhaus eingeschlichen. Dieses Durcheinander in der Porzellanabteilung ist nur der Anfang. Sie wollen, daß wir unsere Reserven in die dritte Etage schicken. Schauen Sie sich das jetzt an.«

Er hatte eine Kamera im zwölften Stock eingeschaltet, die Etage unmittelbar unter den Landeplattformen auf dem Dach, und auf einem anderen Monitor sah man die Türen der Aufzüge, die in das Stockwerk der Geschäftsleitung führten.

»Sehen Sie doch, wie sie sich dort konzentrieren«, sagte Prestonby. »In der Damenmodenabteilung kommen mindestens drei Männer auf jede Kundin, und die Männer bewegen sich von Ladentisch zu Ladentisch auf unsere Lifts zu.«

Coccozello fluchte. »Literat, Sie verstehen Ihr Handwerk!« sagte er. »Das Durcheinander der Porzellanabteilung ist nur ein Ablenkungsmanöver; in Wirklichkeit wollen sie hier zuschlagen. Wofür halten Sie das überhaupt? Meinen Sie, daß Macy & Gimbel's unseren Ausverkauf stören will, oder geht es um Politik?«

Prestonby zuckte die Achseln. »Sie können sich's selber aussuchen. Ein Konkurrent würde sich auf die Abteilung konzentrieren, in der der größte Umsatz zu erwarten ist. Politische Feinde würden versuchen, in die Geschäftsleitung vorzudringen. Und genau das versucht diese Bande.«

»Er hat völlig recht, Guido«, sagte Claire zu dem Polizisten. »Tun Sie, was er Ihnen anweist.«

Coccozello sah Prestonby an und wartete auf Befehle.

»Wir dürfen unsere Reserven nicht in der Porzellanabteilung einsetzen. Wir brauchen sie hier oben. Wo stecken die Leute, und wie viele sind es?«

»Dreizehn, wenn ich mich selbst und den Mann dort drinnen mitzähle.« Er deutete mit einer Kopfbewegung auf Chester Peltons Schlafzimmer, wo der Kaufhausbesitzer immer noch in tiefem Schlaf lag. »Im Einsatzraum, eine Etage höher.«

»Und auf welchem Weg kann uns der Mob erreichen?«

»Über zwei Lifts, Sir, an der nordöstlichen und an der südwestlichen Ecke. Wir haben hier auf der Etage neue Ladentische, die Mr. Latterman herstellen ließ und die nicht mehr rechtzeitig für den Ausverkauf fertig wurden. Wenn nötig, können wir daraus Barrikaden bauen.«

»Und wenn sie unsere Landeplätze mit Helikoptern angreifen?«

Coccozello grinste. »Das möchte ich gern sehen. Wir haben Flak dort oben: vier leichte Maschinengewehre, zwei schwere und eine Zwanzig-Millimeter-Schnellfeuerkanone. Damit könnten wir sogar die Miliz aufhalten.«

»Das besagt nicht viel, aber es reicht wahrscheinlich. Dann werden sie also mit den Aufzügen kommen. Überlegen Sie, Coccozello, was würden Sie einsetzen bei Feuer, Einbruch, Überfällen —«

Der Sergeant grinste noch breiter. »Da sind die Hochdruckfeuerwehrschläuche neben jedem Lift und noch zwei weitere, die man an anderer Stelle anschließen kann. Zwei Mann pro Schlauch genügen. Die können vor den Lifttüren in Stellung gehen. Feuerwaffen haben wir genug. Wir könnten sogar die Verkäufer bewaffnen —«

»Gut. Tun Sie das. Und dann geben Sie Alarm, aber nicht über die allgemeine Sprechanlage, sondern über die Hausapparate, und sagen Sie den Hausdetektiven von der fünften Etage abwärts Bescheid, daß sie alle männlichen Verkäufer und Angestellten in ihre Bereitschaftsräume rufen und bewaffnen sollen. Die setzen wir in der Porzellanabteilung ein. Sagen Sie ihnen, sie sollen den Namen Pelton rufen, wenn sie auf den Mob stoßen, und sie sollen sich möglichst nicht gegenseitig die Schädel einschlagen. Sagen Sie ihnen auch wir erwarten von ihnen, daß sie die Porzellan- und Glasabteilungen allein halten, ohne Hilfe seitens der Kaufhauspolizei.«

»Warum denn das?« wollte Claire wissen.

»Auf diese Weise kommt es zu Schlachten am falschen Ort und zur falschen Zeit«, erklärte Prestonby. »Zwei kleine Gruppen stoßen zusammen, und jede läßt Verstärkung anrücken, und ehe man sich's versieht, tobt eine Schlacht an einer Stelle, wo keiner sie haben will. Wir werden uns auf die Lifts im zwölften Stock konzentrieren.«

»Diese Arbeit scheint Ihnen nicht neu zu sein, Literat«, sagte Coccozello. »Noch etwas?«

»Nun, bis jetzt haben wir über Verteidigungsmaßnahmen gesprochen. Natürlich müssen wir die Offensive ergreifen.« Er sah sich um. »Gibt es auf dieser Etage einen Lastenaufzug, der in den Keller führt?«

»Ich will mal nachsehen«. Coccozello ging an den Bildschirm. »Ja, und wir haben sogar Glück. Er ist hier oben«, sagte er.

»Schön, dann nehmen Sie so viele Männer, wie Sie entbehren können, zwei von Ihren Polizisten und zwei von den Büroangestellten, bewaffnen sie mit Pistolen, Karabinern, Keulen oder was Sie sonst haben und fahren mit den Männern in den Keller. Dort rufen Sie die Lagerarbeiter zusammen und bewaffnen sie ebenfalls. Und sobald Sie im Keller angekommen sind, schicken Sie uns den Aufzug wieder herauf. Das ist sozusagen unser Notausgang. Wir dürfen unter keinen Umständen riskieren, daß man ihn blokkiert.

Dann organisieren Sie vom Keller aus Gruppen Bewaffneter, die in die Verkaufsräume hinaufgehen. Sorgen Sie dafür, daß es nirgends zu größeren Auseinandersetzungen kommt. Ihre Hauptaufgabe besteht darin, unsere Leute, Polizisten, Literaten, Aufsichtspersonal und Verkäufer zu befreien. Die Leute schaffen Sie alle in den Keller. Wir holen sie dann mit dem Lastenaufzug zu uns herauf.«

Er griff nach einem Block und schrieb ein paar Zeilen darauf. »Zeigen Sie das jedem Literaten, den Sie sehen, und bitten Sie Literat Hopkinson es gegenzuzeichnen, wenn Sie ihn sehen. Sagen Sie ihm, er soll mit seiner Gruppe hierherkommen, sobald es ihm möglich ist.«

»Wie wäre es, wenn wir uns von draußen Hilfe holten?« fragte Claire. »Die Stadtpolizei oder —«

»Die Stadtpolizei kann keinen Finger krumm machen«, erklärte Prestonby. »Die unterstützt niemanden, der über eine private Polizeitruppe verfügt. Hutschnecker, rufen Sie die Wahlzentrale der Radikalsozialisten an und sagen Sie, die sollen uns ein paar von ihren Leuten herüberschicken.«

12

Russell N. Latterman aß im Erfrischungsraum des Kaufhauses zu Mittag. Er saß an einem Tisch neben der dicken Glaswand und konnte die Süßwaren-, die Tabak- und die Spirituosenabteilung überblicken.

Man konnte seinen Aufenthalt im Erfrischungsraum natürlich unter zwei verschiedenen Aspekten sehen: er belegte einen Tisch, an dem sonst ein Kunde hätte sitzen können. Andererseits kannten ihn so viele Kunden vom Sehen, daß die Tatsache, daß er hier seine Mahlzeit einnahm, auch eine gewisse Werbewirkung hatte. Außerdem konnte er von seinem Platz aus den Geschäftsbetrieb beobachten.

In der Ferne sah er einen weißen Literatenkassak an einem der Ladentische. Das war einer von der neuen Mannschaft, die man geschickt hatte, um die Arbeit von Baynes streikender Crew zu übernehmen. Darüber war er froh, gleichzeitig aber auch beunruhigt. Er hatte seine Zweifel gehabt, ob es klug sei, einen Literatenstreik vom Zaun zu brechen, und er war ziemlich sicher, daß Wilton Joyner nichts davon gewußt hatte.

Das Ganze war Harvey Graves' Idee gewesen. Es war fraglich, ob sich das mit der Ethik der Literaten vereinbaren ließ, ganz zu schweigen von der Wirkung auf das Publikum.

Der Trick, Claire Pelton dazu zu zwingen, sich als Literatin zu erkennen zu geben, war in Ordnung, obwohl es ihm lieber gewesen wäre, wenn Frank Cardon den Safe geöffnet hätte. Aber hätte das viel genützt? Cardon hätte dann sicher behauptet, er habe sich die Kombination gemerkt. Wahrscheinlich wäre er sogar damit durchgekommen. Aber dieses dumme Mädchen hatte den Kopf verloren und sich unwiderruflich als Literatin zu erkennen gegeben.

Eine Kellnerin kam jetzt auf ihn zugerannt. Vor Aufregung wäre sie beinahe gefallen. Als sie noch drei Meter von seinem Tisch entfernt war, fing sie zu sprechen an.

»Mr. Latterman! Mr. Latterman!« sagte sie. »Eine wilde Schlägerei in der Porzellanabteilung —«

»So? Wozu haben wir denn eine Kaufhauspolizei?« fragte er. »Die werden schon damit fertig werden. Und jetzt seien Sie ruhig, Madge, sonst gibt es noch eine Panik bei den Kunden.«

Er wandte sich wieder seinem Essen zu und beobachtete befriedigt die Menschenmenge in der Spirituosenabteilung, die unmittelbar neben dem Erfrischungsraum lag. Grund dafür war ein Sonderangebot. *Old Atom-Bomb Bourbon* war eine gute Idee gewesen. Eigentlich war das Zeug nur als Nagellackentferner geeignet; wäre er Pelton, er hätte diesen Idioten von einem Einkäufer gefeuert, weil er so große Mengen davon eingekauft hatte. Aber die Audiowerbung draußen plärrte: *»Bester Whisky ab zweihundert Dollar die Flasche!«* und lockte Kunden an, die, wenn sie feststellten, daß es im Sonderangebot für zweihundert Dollar nur *Old Atom-Bomb* gab, lieber fünfhundert Dollar oder auch mehr hinblätterten, um einen guten Whisky zu kaufen.

Latterman leerte seine Kaffeetasse und stand auf. Wäre vielleicht eine gute Idee, dachte er, mal bei den Spirituosen nachzusehen, wie die Dinge liefen. Die Abteilung füllte sich mit jeder Minute mehr. Es strömten mehr Kunden hinein, als herauskamen.

Als er an zwei Frauen vorbeiging, fing er einen Gesprächsfetzen auf:

»Geh bloß nicht in die dritte Etage hinunter . . . fürchterliche Prügelei . . . die zerschlagen alles —«

Besorgt eilte er weiter. Die Menschenmenge, die er in der Spirituosenabteilung sah, schürte seine Unruhe. Zu viele Männer zwischen zwanzig und dreißig, alle gleich gekleidet, alle gleich aussehend. Das sah wie die Infiltration eines Schlägertrupps aus. Deshalb hatte Harvey Graves also gewollt, daß man die Literaten herausholte, und deshalb hatte Joyner, dem die Berufsethik verbot, etwas gegen die wirtschaftlichen Interessen Peltons zu unternehmen, nichts davon gewußt.

Er ging auf einen Ladentisch zu, um mit einem Verkäufer zu sprechen, aber einer der kräftigen, unauffällig gekleideten jungen Männer kam ihm zuvor.

»Geben Sie mir eine Flasche *Atom-Bomb*«, sagte er. »Brauchen sie gar nicht erst einzuwickeln.«

»Ja, Sir.« Der Verkäufer schien ebenfalls beunruhigt. Er holte die Flasche aus dem Regal und stellte sie auf die Theke. »Das macht zweihundert, Sir.«

»Ich sehe, Sie tragen da ein Radikalsozialisten-Abzeichen«, bemerkte der Kunde. »Aus freier Entscheidung, oder weil Chet Pelton das von seinen Angestellten verlangt?«

»Mr. Pelton nimmt keinen Einfluß auf die politische

Überzeugung seiner Angestellten«, erwiderte der Verkäufer.

Der Kunde sagte nichts, sondern nahm die Flasche, packte sie am Hals und zerschlug sie auf dem Kopf des Verkäufers. Der Angestellte brach zusammen.

»Zu mehr ist der Fusel doch nicht gut«, sagte der Kunde und sprang mit einem Satz über den Ladentisch. »Los, Jungs, bedient euch selbst!«

Der Aufruhr in der Porzellanabteilung hielt dort überraschend lange an. Prestonby benutzte abwechselnd drei TV-Kameras und verfolgte die Fortschritte, die das Chaos machte. Immer wieder kam Ladenpersonal in die Abteilung mit Keulen und Messern, einige sogar mit Sonopistolen bewaffnet, rief den Namen Pelton wie einen Schlachtruf, und zog sich wieder zurück. Das war natürlich Taktik. Man mußte Zeit gewinnen und die eingedrungenen Schläger in der Porzellan- und Glasabteilung binden und damit verhindern, daß sie an anderer Stelle Unruhe stifteten.

Im sechsten Stock, in der Spirituosenabteilung, war es jetzt ebenfalls zum Aufruhr gekommen. Claire, die das ganze Kaufhaus mit Hilfe der anderen TV-Kameras absuchte, entdeckte den Zwischenfall und machte Prestonby darauf aufmerksam.

Hinter der zerschlagenen Glaswand räumte ein Mob Flaschen von den Regalen und warf sie in die Menge. Einer der Angestellten in einer grauen Uniformjacke lag bewußtlos neben dem Ladentisch. Während Prestonby zusah, kamen ein zweiter und ein dritter Angestellter zur Tür herausgeflogen. Jetzt tauchte ein viertes Opfer in einem Straßenanzug auf, landete hart auf dem Fußboden und rappelte sich benommen in die Höhe. Prestonby lachte, als er Literat — inkognito — Erster Klasse Russel N. Latterman erkannte.

»Ich hätte damit rechnen müssen«, sagte er. »Jedesmal, wenn es einen Aufruhr gibt, fängt das in den Schnapsläden an. In den Schnapsläden und in den — Claire! Sehen Sie nach, was in der Sportgeräteabteilung vorgeht!«

Es war gerade, als wäre eine Flutwelle über die Sportabteilung herniedergegangen. Einer der Angestellten lag in einer Blutlache auf dem Boden. Für ihn kam jede Hilfe zu spät. Sonst war niemand vom Kaufhauspersonal zu sehen. Die Regale mit den Jagdgewehren und Handfeuerwaffen wurden systematisch ausgeräumt.

Hier war Organisation am Werk.

Vier, fünf Männer arbeiteten emsig daran, von den Läufen und Schlössern der Waffen das Waffenfett zu wischen, ehe sie sie verteilten. Zwei weitere sorgten dafür, daß zu jeder Waffe die passende Munition ausgegeben wurde.

Jemand hatte einen Schleifstein aus der Werkzeugabteilung geholt und schliff jetzt Spitzen an die Degen und Floretts. Andere sammelten Baseballschläger, Golfschläger, Sturzhelme und Catchermasken ein. Auch in der Werkzeugabteilung wurde alles mitgenommen, was nicht niet- und nagelfest war und als Waffe dienen konnte.

Im ganzen Kaufhaus ging es jetzt zu, wie bei einer Meuterei in einem Irrenhaus. Ein kreischender Mob von Frauen plünderte die Konfektionsabteilungen, andere zerrten Stoffe ballenweise aus den Regalen und rauften sich darum.

Jemand hatte die elektrischen Ventilatoren eingeschaltet, und lange Bahnen Chiffon flatterten wie riesige Luftschlangen durch die Verkaufsräume. Jemand in der Haushaltswarenabteilung hatte ebenfalls die Ventilatoren eingeschaltet, und Halbstarke öffneten Dosen mit Farbe und warfen sie in die Ventilatoren.

Die Antiquitätenboutique in einer Ecke in der vierten Etage, gleich hinter der Geschenkeabteilung, war im allgemeinen Chaos eine wahre Insel des Friedens. Es gab nur einen Zugang, und einer der Angestellten hatte sich in eine Rüstung aus dem fünfzehnten Jahrhundert gezwängt und stand, auf ein langes Schwert gestützt, davor. An der breiten Klinge war Blut, und zu seinen Füßen hatte sich eine rote Lache gebildet. Man ließ ihn in Frieden.

Hutschnecker wurde ans Telefon gerufen, sprach kurz, lauschte dann eine Weile, bedankte sich dann und legte auf.

»Macy & Gimbel's«, berichtete er, zu Prestonby gewandt. »Die haben gehört, daß wir Ärger haben. Wahrscheinlich hat einer ihrer Preisspione sie angerufen. Sie bieten uns ihre Hilfe an und schicken zwanzig ihrer Ladenpolizisten; sie landen in etwa zehn Minuten auf unserer Plattform. Sind mit Karabinern und Stahlhelmen ausgerüstet.«

Prestonby nickte. Es wäre durchaus vorstellbar gewesen, daß Peltons Hauptkonkurrent hinter dem Aufruhr stand. Da das offensichtlich nicht der Fall war, war ihr Angebot bewaffneter Hilfe charakteristisch für die harte, aber sich gegenseitig respektierende Rivalität der Geschäftswelt.

Ein paar Minuten später kam wieder ein Anruf. Prestonby nahm den Anruf entgegen. Er erkannte einen Offizier der Literatengarde auf dem Bildschirm.

»Sind Sie das, Prestonby?« fragte der Offizier, es war Major Slater, einigermaßen überrascht. »Habe gar nicht gewußt, daß Sie in Peltons Paradies sind. Was geht dort vor?«

Prestonby berichtete kurz.

»Ja. Wir hatten einige unserer Leute in Zivil im Kaufhaus«, sagte Slater. »Nur für den Fall, daß es Schwierigkeiten geben sollte. Befehl von Mr. L. Man hat uns gemeldet, es seien Unruhen ausgebrochen. Aber die Berichte waren natürlich unvollständig. Können Sie eine Ihrer Landeplattformen für uns freimachen? Wir haben zweihundert Mann in zwanzig Koptern bereitstehen.«

Offenbar bemerkte Slater erst jetzt, daß einige der für das Kaufhaus arbeitenden Literaten hinter Prestonby standen, und er erkannte, daß sein Angebot, einem der schärfsten Gegner des Literatentums helfen zu wollen, Verdacht erregen könnte. »Nicht, daß es uns etwas ausmacht, wenn Chester Pelton etwas zustößt, aber schließlich müssen wir unsere eigenen Leute im Kaufhaus schützen«, fügte er rasch hinzu.

»Ja, natürlich«, nickte Prestonby. »Nehmen Sie die Nordplattform. Wahrscheinlich werden Sie im zwölften Stock, unmittelbar unter der Plattform, in ein Handgemenge geraten. Jeder, der versucht, mit dem Lift in die Büros der Verwaltung vorzudringen, ist ein Feind.«

»Okay. Wir sind gleich bei Ihnen.« Der Offizier unterbrach die Verbindung.

»Haben Sie das gehört?« fragte Prestonby die anderen im Büro. »Wenn wir aushalten können, bis die hierherkommen, haben wir es geschafft. Haben Sie schon die Parteizentrale der Radikalsozialisten angerufen, Hutschnecker?«

»Ja, ich habe mit einem gewissen Yingling gesprochen. Er sagt, alle verfügbaren Leute der Partei seien wegen irgendeinem Aufruhr in den Bezirk North Jersey gerufen worden; er wollte aber versuchen, sie zurückzuholen.«

Prestonby fluchte. »Bis Prestons eigene Parteifreunde hier sind, wird die Literatengarde und Macy & Gimbel's Privatpolizisten ihm die Kastanien aus dem Feuer geholt haben. Wirklich zuverlässige Freunde hat er!«

Plötzlich schrillte irgendwo eine Alarmglocke, und eine eindringliche Stimme drang aus der Sprechanlage an der Wand:

»Jetzt kommen die Schläger! Aufzug im Südflügel!«

Prestonby griff nach einer Gaspistole und einem Leinengurt mit Munition. Bis er das betroffene Stockwerk erreicht hatte, wurde auch der Lift im Nordflügel angegriffen. In beiden Fällen schienen die Angreifer nicht mit organisiertem Widerstand gerechnet zu haben. Sie kamen aus allen Rohren feuernd, aus den Spiralenlifts.

Aber die Verteidiger hatten sie erwartet. Der Wasserstrahl aus den Feuerwehrschläuchen erfaßte die Angreifer an der Spitze und schleuderte sie zurück. Einige übersprangen die Barriere zwischen den sich drehenden Spiralen und ließen sich wieder in die Tiefe bringen.

Weniger als fünf Minuten nach dem Alarm war der Angriff gescheitert. Aber der Lärm im zwölften Stock nahm zu. Prestonby lehnte sich in den Liftschacht und sah, wie die Angreifer jetzt in Richtung der nördlichen Landeplattform feuerten. Binnen einer halben Minute begannen sie zu fliehen, und eine Schar von Literatenleibwächtern in ihren futuristischen Uniformen nahmen die Verfolgung auf.

13

Douglas MacArthur Yetsko setzte die Gaspistole wieder zusammen, betätigte probeweise den Abzug und legte die Waffe seufzend beiseite. Er hatte seit dem Mittagessen jede einzelne Waffe in dem privaten Arsenal, das er und Prestonby in der Schule unterhielten, gereinigt, und mußte sich jetzt mit der Tatsache abfinden, daß ihm nichts mehr zu tun blieb, als den Fernseher einzuschalten.

Ray war nicht sehr gesellig gewesen; der Junge hatte kein Wort gesprochen, seit er angefangen hatte, in Prestonbys Büchern zu lesen. Mürrisch schaltete Yetsko den Bildschirm ein.

Della Pallas saß wieder im Gefängnis. Diesmal beschuldigte man sie, einen Anwalt ermordet zu haben, der bei der letzten Mordanklage, die man gegen sie erhoben hatte, dafür gesorgt hatte, daß sie freigesprochen worden war. Wenn man bedachte, daß sie während des letzten Prozesses beinahe ein Jahr im Gefängnis verbracht hatte, konnte man ihr das nicht übelnehmen, dachte Yetsko.

Rudolf Barstow in *Brodway Melodie* legte sein fünfhundertstes Netz aus, um die begehrenswerte Mary Knoble einzufangen. Und dann gab es noch eine Show über eine Lehrerin und ihre Klasse süßer kleiner Kinder. Yetsko hätte beinahe sein Mittagessen wieder von sich gegeben.

Er schaltete auf den nächsten Kanal. Ein junger Ansager in der Uniform eines Literaten sprach schnell und erregt:

»... Schauplatz des Aufruhrs. Er ist der schlimmste seit Beginn dieses Jahres, und er spitzt sich immer noch zu. Wir zeigen Ihnen jetzt Manhattan, wo unsere Kameras und Kommentatoren soeben eingetroffen sind, und schalten um zu Add Morgan.«

Der Bildschirm wurde schwarz, und Yetsko fluchte. Ray blickte von seinem Buch auf und griff nach der Sonopistole, die Yetsko ihm gegeben hatte.

»Guten Tag, meine Damen und Herren. Bitte gedulden Sie sich noch einen Augenblick, bis wir das Bild bekommen. Wir haben hier, wie man immer so schön sagt, kleine technische Schwierigkeiten. In diesem Fall geht es darum, daß wir vermeiden müssen, daß jemand auf unsere Kamera schießt oder vielleicht gar auf den Berichterstatter. Ja, was Sie hier hören, sind Schüsse. Jemand feuert eine Maschinenpistole ab! Kommen Sie durch, Steve?«

Eine Stimme murmelte etwas und schimpfte dann vor sich hin.

»Nun, bis Steve seine Drähte wieder zusammengeflickt hat, ein kurzer Überblick über das, was mit Sicherheit als die Schlacht in Peltons Käuferparadies in die Geschichte eingehen wird —«

»Was?« rief Ray, der jetzt sein Buch völlig vergessen hatte.

». . . begann in der Porzellanabteilung als relativ harmlose Prügelei und griff auf die Spirituosenabteilung über. Und dann ging es plötzlich hart auf hart. Zuerst nahm man an, daß Macy & Gimbel's eine Schlägertruppe geschickt hatte, um Peltons Herbstausverkauf zu stören. Aber als die erstgenannte Firma ihrem Konkurrenten mit zwanzig Ladenpolizisten zu Hilfe kam, schied diese Möglichkeit aus. Wir neigen jetzt zu der Ansicht, daß Peltons politische Gegner dahinterstecken.

Vor etwa zehn Minuten traf Major James F. Slater von der Literatengarde mit zweihundert seiner Männer ein, um die im Kaufhaus arbeitenden Literaten zu schützen. Sie besetzten das ganze zwölfte Stockwerk, in dem auch wir uns jetzt befinden, mit Ausnahme der Damenwäscheabteilung. In der Damenwäscheabteilung und in der unmittelbaren Nachbarschaft eines der Lifts, der in die tiefer gelegenen Stockwerke führt, hat sich die Bande, die den Aufruhr ausgelöst hat und deren Mitglieder jetzt weiße Kapuzenumhänge anlegten, um sich von den anderen zu unterscheiden, hinter Barrikaden aus Ladentischen und Regalen verschanzt und kämpft jetzt verzweifelt darum, die Kontrolle über den Lifteingang zu behalten. Ah, jetzt haben wir ein Bild!«

Plötzlich wurde der Bildschirm hell, und im Bild waren die Ruinen der ehemaligen Abteilung für Damenwäsche, die man zuerst gründlich ausgeplündert und dann in ein Schlachtfeld verwandelt hatte.

». . . anscheinend ist soeben eine größere Anzahl schwerer Kopter auf der östlichen Plattform gelandet. Vermutlich bringen die Maschinen weitere Schläger, um die Bande hinter den Barrikaden zu unterstützen. Der Schußwechsel hat inzwischen an Intensität zugenommen —«

Yetsko hatte sich vom Bildschirm abgewandt und suchte etwas im Waffenschrank. Für einen solchen Auftrag brauchte er Feuerkraft. Er nahm das zehnschüssige Magazin aus seiner Waffe und setzte dafür eine Hundert-Schuß-Trommel ein. Zwei weitere Trommeln steckte er in die Jackentaschen. Und jetzt brauchte er noch etwas, um sich gegebenenfalls den Weg damit freizuhauen. Er entschied sich für ein meterlanges Stück zähen Gartenschlauches.

Dann sah er Ray an. Um auf den Jungen aufzupassen, war er hier, während sein Captain wahrscheinlich ums Leben kämpfte! Aber der Captain hatte ihm gesagt, daß er bei Ray bleiben sollte —. Er ließ den Feuerwehrschlauch sinken.

»Was ist denn, Doug?« fragte der Junge. »Gehen wir?«

Yetsko schüttelte den Kopf. »Nein. Der Captain hat gesagt, daß ich auf dich aufpassen soll.«

Der Junge öffnete den Mund, um etwas zu sagen, ließ es dann aber bleiben. Er schien zu überlegen. Dann fragte er:

»Doug, Captain Prestonby hat doch gesagt, daß Sie die ganze Zeit über bei mir bleiben sollen.«

»Ja —«

»Schön. Dann tun Sie das. Denn ich gehe jetzt, um Claire und dem Senator zu helfen. Hinter den beiden sind die Schläger nämlich her.«

Yetsko überlegte einen Augenblick. Wenn Ray etwas zustieße —. Sein Verstand sträubte sich dagegen, sich auszumalen, was der Captain dann mit ihm anstellen würde.

»Nein, du mußt hierbleiben, Ray«, sagte er. »Der Captain —«

Und dann fiel sein Blick wieder auf den Bildschirm.

Add Morgan mußte eine Stelle gefunden haben, wo er seine Kamera auf einem Teleskopbein ausfahren konnte, denn sie blickten jetzt beinahe aus Deckenhöhe auf die Barrikade herunter und auf die Literatengarde, die darauf feuerte.

Plötzlich nahm das Feuer hinter der Barrikade zu. Weitere Männer in weißen Kapuzenumhängen kamen im Lift herauf. Dann griffen sie an. Die Männer von der Literatengarde in der vordersten Linie wurden überwältigt. Yetsko sah einen von ihnen, einen Mann, den er kannte. Sam Igoe von der 5. Kompanie. Er ging verwundet zu Boden, und dann sah Yetsko, wie einer der Schläger in den weißen Kapuzenumhängen ihm mit dem Karabinerkolben den Schädel einschlug, ehe er weiterstürmte.

»Dieses feige, dreckige Schwein!« brüllte Yetsko und griff nach dem Stück Gartenschlauch. »Komm Ray, wir gehen!«

Ray zögerte, als überlegte er. »Ken Dorchin; Harry Cobb; Dick Hirschfield; Barry MacCarty; Ramon Nogales; Pete Shawne; Tom Hutchinson —«

»Wer —?« fragte Yetsko. »Was haben die damit —«

»Wir brauchen Leute. Wir zwei würden das genau so lange durchstehen wie ein Schneeball in der Mittagssonne.« Ray ging zum Schreibtisch, nahm einen Schreibstift und machte Prestonbys präzise Blockschrift auf einem Zettel nach. »Geben Sie das dem Mädchen draußen und sagen Sie ihr, daß sie die Leute rufen und hierherschicken soll«, befahl der Junge. »Und sehen Sie zu, ob Sie irgendein Transportmittel beschaffen können. Ich nehme an, daß unten bei den Werkstätten ein paar große Kopter stehen. Und wenn Sie dann noch ein paar Männer von der Literatengarde dazu überreden könnten, mit uns zu kommen —«

Yetsko nickte und nahm den Zettel entgegen, ohne zu fragen. Seine Stärke war nicht das Denken, das gab er auch bereitwillig zu. Er war ein guter Soldat, aber er brauchte einen Vorgesetzten, der ihm sagte, was er tun mußte.

Yetsko überflog die Namen. Wie die meisten Leibwächter eines Literaten konnte auch er lesen. Er erkannte die Namen; die Jungen gehörten alle zu der geheimen Studiengruppe. Er ging hinaus und gab Martha Collins die Liste.

Er rechnete eigentlich mit einem Einspruch, aber sie schien Ray Peltons Schrift für die Prestonbys zu halten. Sie überprüfte ein paar Klassenlisten und -tabellen und ließ die Jungen dann kommen. Yetsko ging weiter zu den Werkstätten, wo er einen großen Last-Kopter aussuchte, an dem die Abschlußklasse jetzt schon seit einigen Wochen arbeitete und der gerade repariert worden war.

»Ist die Kiste schon zur Probe geflogen worden?« fragte er den Klassenleiter.

»Ja, ich habe sie selber heute früh geflogen. In die Bronx und wieder zurück.«

»Okay. Dann soll einer, dem Sie vertrauen können, am besten einer der Leibwächter, den Kopter hinter dem Verwaltungsgebäude abstellen. Captain Prestonby braucht ihn. Ich soll ein paar Schüler aus der vierten Klasse auf eine Tour mitnehmen. Es geht um Wahlkampftaktik.«

Der Klassenleiter rief einen Leibwächter und erteilte ihm Anweisungen. Yetsko ging in die Wachstube im ersten Stock, wo ein halbes Dutzend Männer warteten.

»Jetzt verdient euch mal euren Sold«, sagte er. »Wir gehen zu einer Party.«

Die Männer standen auf und griffen nach ihren Waffen.

»Mason«, fuhr Yetsko fort, »Sie haben doch Ihren großen Kopter hier. Darin ist Platz für euch alle. Ich nehme einen Viertonner und ein paar von den Jungs. Ihr fliegt hinter uns her. Zu Peltons Kaufhaus. Dort ist der Teufel los, und Prestonby steckt mitten drin. Wir müssen ihn 'rauspauken.«

Alle starrten ihn verblüfft an, aber keiner hatte Einwendungen. Komisch, überlegte Yetsko, es war schon lange her, daß jemand ihm widersprochen hatte.

Als er ins Büro zurückkehrte und die Tür öffnete, hörte er hinter Prestonbys Tür Schüsse. Er hatte schon seine Waffe aus dem Halfter gerissen, als ihm klar wurde, daß die Schüsse in Peltons Käuferparadies fielen, fünfzehn Kilometer entfernt.

Martha Collins im Vorzimmer schrie verzweifelt: »Schaltet doch diesen infernalischen Kasten ab und hört mir zu!«

Die Schüler, die Ray für seine improvisierte Rettungsexpedition zusammengetrommelt hatte, holten gerade Waffen aus den Schränken und versuchten, sich gegenseitig die Funktion von Maschinenpistolen und Gaswaffen zu erklären. Yetsko bahnte sich einen Weg ins Zimmer und drehte den Fernseher leiser.

»Das ist ja unerhört!« erregte sich Literatin Martha Collins. »Sie, Yetsko, sollten sich schämen, daß Sie die Kinder in einen solchen Kampf führen wollen —«

»Nun, vielleicht ist es nicht richtig, Wilde in eine zivilisierte Auseinandersetzung zu führen«, räumte Yetsko ein, »aber das ist mir egal. Der Captain sitzt in der Tinte, und ich würde es mit dem Teufel aufnehmen, wenn ich ihm damit helfen könnte.«

Einer der Jungen hatte eine Maschinenpistole auseinandergenommen und konnte sie jetzt nicht mehr zusammensetzen. Yetsko nahm sie ihm weg. »Laß das«, befahl er. »Gegen Sonopistolen und Gaswaffen habe ich nichts. Aber mit dem Ding da kann man Menschen töten!«

»Solche Waffen brauchen wir aber, Doug«, erklärte Ray. »Die Dinge haben sich etwas verändert, seit Sie weggegangen sind. Schauen Sie auf den Bildschirm.«

Yetsko sah hin und fluchte. Dann gab er dem Jungen die Maschinenpistole zurück.

»Paß auf, du drückst auf diesen kleinen Knopf hier, dann bleibt der Verschluß offen. Dann ziehst du den Hebel an der Seite zu dir heran und läßt los. Wenn du jetzt den Abzug durchdrückst —«

14

Frank Cardon blickte auf die Uhr. Es war 13 Uhr 45, genauso wie vor zehn Sekunden, als er zuletzt hingesehen hatte. Er fing an, nervös mit den Fingern auf die Stuhllehne zu trommeln, ertappte sich aber dann dabei und bemerkte, daß Lancedale, der bestimmt genauso erregt war wie er, ruhig und scheinbar unbewegt dastand.

»Nun, das ist die Lage, in der wir uns jetzt befinden, meine Herren Literaten«, schloß der schlanke, weißhaarige Mann. »Sie erkennen jetzt sicher auch, daß die Politik unbeweglicher Opposition, die einige von Ihnen bisher empfohlen und auch betrieben haben, falsch ist. Sie kennen die Politik, der ich den Vorzug gebe und die uns jetzt als einzige noch zur Verfügung steht; jenes uralte Gesetz der politischen Strategie drückt das sehr prägnant aus: Wenn du nicht mit ihnen fertig wirst, dann schließ dich ihnen an, und nachdem du das getan hast, übernimmst du die Macht.

Trotz des radikalsozialistischen Sieges, der bei den morgigen Wahlen in diesem Staat zu erwarten ist, wird es den Siegern nicht möglich sein, im nächsten Kongreß ein Gesetz durchzubringen, das die Grundlage für Peltons sozialisiertes Literatentum sein kann. Die Radikalen werden nicht genügend Sitze im Senat gewinnen können, und außerdem verfügen die unabhängigen Konservativen über zu viele Stimmen.

Aber — und das ist unvermeidlich — wenn es nicht zu

irgendwelchen unvorhergesehenen Zwischenfällen von der Größenordnung einer politischen Katastrophe kommt, werden sie nach den Wahlen des Jahres 2144 beide Häuser des Kongresses kontrollieren. Und das liegt nur zwei Jahre in der Zukunft, und wir können sicher sein, daß in zwei Jahren Chester Pelton nominiert und mit überwältigender Mehrheit als Präsident der Konsolidierten Staaten von Nordamerika gewählt werden wird. Und sechs Monate später wird sein Programm, das Programm des sozialisierten Literatentums, Gesetz des ganzen Landes sein.

Wir haben also bis zur Mitte des Jahres 2145 Zeit, um unsere Vorbereitungen zu treffen. Ich nehme an, daß wir — wenn wir uns in der Zwischenzeit nicht durch eigene Dummheit selbst vernichten — zwei Jahre darauf die völlige, wenn auch geheime Macht über die gesamte Regierung der Konsolidierten Staaten haben werden. Wenn irgend jemand von Ihnen Zweifel an dieser Behauptung hat, dann sollte er sich eine Frage vorlegen: wie im Namen der Vernunft können Illiteraten ein System sozialisierten Literatentums kontrollieren und führen? Wer, außer Literaten, kann dafür sorgen, daß ein solches Programm nicht in völliges und unbeschreibliches Chaos führt?

Ich bitte Sie jetzt nicht um eine Entscheidung. Ich bitte Sie auch nicht um eine Debatte. Ich bitte Sie nur darum, daß jeder einzelne von Ihnen die Lage überdenkt, und dann wollen wir uns in einer Woche wieder treffen und unsere weiteren Pläne besprechen. Jeder einzelne von uns sollte sich aber darüber im klaren sein, daß die Entschlüsse, die wir dann treffen werden, das Schicksal unserer Gewerkschaft für alle Zeit bestimmen wird.« Er sah sich im Saal um. »Ich danke Ihnen«, sagte er dann.

Cardon sprang sofort auf und beantragte, die Sitzung bis 13 Uhr am folgenden Montag zu vertagen, und Kommandeur

Chernov unterstützte den Antrag sofort. Im gleichen Augenblick, als Literatenpräsident Morehead die Sitzung schloß, rannte Cardon bereits auf die Doppeltüren zu, die die beiden Wachtposten für ihn aufhielten.

Ein weiterer Posten wartete mit einer kleinen Scheibe auf ihn.

»Von Major Slater. Der Anruf kam vor etwa zehn Minuten«, sagte der Mann.

Cardon schob die Scheibe in seinen Recorder und griff nach dem Ohrhörer.

»Frank«, kam Slaters Stimme aus dem kleinen Gerät, »Sie sollten jetzt was unternehmen, sonst haben Sie keinen Kandidaten mehr, wenn morgen die Wahlen beginnen. Ich habe gerade einen Anruf aus Peltons Kaufhaus bekommen — Schlägertrupps haben sich dort eingeschlichen, schätzungsweise zweihundert Mann, vermutlich unabhängige Konservative. Ich schicke jetzt meine Reserven hin, und wenn Sie es jetzt noch nicht wissen, wo China liegt, es ist im dritten Stock, unmittelbar neben der Glaswarenabteilung.«

Cardon riß sich den Ohrhörer heraus, schob den Recorder in die Hosentasche und schnallte seinen Schultergurt ab, während er zum nächsten Wandvideofon rannte. Während er mit einer Hand den Gürtel abnahm, wählte er mit der anderen die Nummer der Wache.

»Stellen Sie auf dem Dach eine große Ambulanz mit einem Arzt und einem Piloten bereit«, befahl er und knöpfte sich den Kassak auf. »Und vier Leibwächter, wenn möglich in Zivil. Aber verschwenden Sie keine Zeit mit Umziehen, wenn niemand in Zivil da ist. Schwere Sonopistolen, Schlafgasprojektoren, Gasmasken und -pistolen. Schnell.« Er warf dem Leibwächter Gürtel und Kassak hin. »Da, Pancho; räumen Sie das für mich auf. Danke.« Das letzte Wort rief er schon über die Schulter, während er zum Lift rannte.

Nachdem er die Landeplattform erreicht hatte, dauerte es drei endlose Minuten, bis die Ambulanz kam. Auf dem Vordersitz saßen ein Arzt und eine Ordonnanz. Drinnen hatten vier Leibwächter, alle in konservativ geschnittenen Zivilanzügen, Platz genommen.

Cardon schob sich neben den Arzt auf die Sitzbank und befahl: »Peltons Kaufhaus.« Dann knallte er die Tür zu, und der große weiße Kopter startete.

Sie stiegen auf fünfzehnhundert Meter, dann richtete der Fahrer die Maschine auf, brachte den Rotor zum Stillstand und zog ihn ein. Er schaltete jetzt auf Düsenantrieb und steuerte in Richtung Manhattan. Vier Minuten später hatten sie den größten Teil der Strecke zurückgelegt und konnten den Rotor wieder ausfahren. Unter ihnen zeichnete sich bereits die Zentral-Landeplattform von Peltons Käuferparadies ab. Cardon schaltete das TV ein und rief den Kontrollturm.

»Ambulanz, um Mr. Pelton abzuholen«, sagte er. »Wie steht's dort unten?«

Einer von Peltons Verkehrskontrolleuren tauchte auf Cardons Bildschirm auf. »Sie können ohne Gefahr auf der Zentralplattform landen. Aber ich empfehle Ihnen, ziemlich schräg von Norden anzufliegen«, sagte er. »Die nördliche Plattform haben wir unter Kontrolle. Die östliche und die südliche sind von den Schlägern besetzt. Die würden auf Sie feuern. Landen Sie neben dem großen Kistenstapel, den wir mit Planen abgedeckt haben. Aber seien Sie vorsichtig. Das sind Feuerwerksartikel, die wir nicht mehr einlagern konnten.«

Die Ambulanz senkte sich auf die Plattform herab, und Cardon sah sich besorgt um. Der Verkehr der Kundenkopter war ganz zum Erliegen gekommen. Friedhofsstille lag über dem großen Kaufhaus — wenigstens war das der äußere

Eindruck. Ein paar kleine Gestalten in den schwarzen Lederuniformen von Leibwächtern bewegten sich auf der nördlichen Landeplattform. Einige Kaufhausangestellte hielten sich auf der Zentrallandebahn auf. Der Lärm des Rotors übertönte jedes Geräusch — zumindest während die Ambulanz landete. Dann hörte man sporadisches Schießen.

Cardon, der Arzt und die Leibwächter sprangen aus der Maschine, letztere mit einer Tragbahre. Der Pilot zog seine Pistole und überprüfte die Ladung. Dann schien er sich zu entspannen. Dabei entging ihm aber keine Bewegung. Major Slater wartete an einer der Liftplattformen auf sie.

»Ich habe versucht, Sie zu erreichen, aber da war diese verdammte Sitzung, und die Türen waren versperrt und —« begann er.

Cardon brachte ihn schnell zum Schweigen. »Ich gelte hier als Illiterat«, warnte er. »Wo ist Pelton? Wir müssen ihn und seine Tochter sofort herausholen.«

»Er liegt immer noch und ist ohne Bewußtsein«, sagte Slater. »Der Arzt, den Sie uns geschickt haben, hat ihm eine Hypnotainspritze gegeben. Pelton ist bestimmt noch ein paar Stunden weg. Prestonby ist immer noch da. Er befehligt die Verteidigungsmaßnahmen. Macht seine Sache wirklich gut.«

Ausgezeichnet, dachte Cardon, Ralph könnte nachher mithelfen, Claire in die Literatenhalle zu schaffen, nachdem man ihren Vater in Sicherheit gebracht hatte.

»Im Kaufhaus sind bestimmt an die fünfhundert Leute der Unabhängigen Konservativen«, sagte Slater. »Die meisten sind nach uns hergekommen. Die Stadtpolizisten haben alle Straßen abgeriegelt. Die lassen bloß Grant Hamiltons Schlägerkommandos 'rein.«

»Heute morgen waren sie ziemlich freundlich«, sagte Cardon. »Bürgermeister Jamison muß ihnen einen Wink gegeben haben.«

Zwei Stockwerke tiefer verließen sie den Lift. Claire Pelton und Ralph Prestonby warteten schon auf sie. »Hallo Ralph, Claire. Wie ist die Lage?« fragte Cardon.

»Wir kontrollieren das ganze zwölfte Stockwerk«, sagte Prestonby. »Das elfte etwa zur Hälfte. Auch die nördliche und die westliche Landeplattform. Ferner haben wir den Keller, die Lagerräume und die Hallen. Wachtmeister Coccozello ist mit der Kaufhauspolizei, einigen Literaten, ein paar Leibwächtern und den Leuten von der Lagerverwaltung dort unten. Sie haben das Erdgeschoß eingenommen, den Zwischenstock und Teile des ersten Stocks. Wir haben zwei leichte Maschinengewehre vom Dach hinuntergeschafft. Damit beherrschen wir den Haupteingang. Das Kaufhaus ist von der Außenwelt durch Stadtpolizei abgeriegelt. Die lassen allerdings bloß Verstärkung für die Angreifer herein. Aber immerhin können wir sie an den Türen aufhalten.«

»Haben Sie die Zentrale der Radikalsozialisten angerufen und um Hilfe gebeten?«

»Ja, mindestens ein halbes Dutzend Mal. Ein gewisser Yingling ist dort und sagt, seine Leute seien alle in North-Jersey. Irgend jemand muß falschen Alarm gegeben haben. Und jetzt kann man sie nicht erreichen.«

»So?« meinte Cardon sanft. »Das ist aber bös.« Bös für Horace Yingling und Joe West. Morgen würde es zwei tote Verräter mehr geben, dachte er. »Nun, dann müssen wir eben mit dem, was wir haben, auskommen. Wo steckt übrigens Russ Latterman?«

Prestonby blickte unauffällig zu Claire hinüber und schüttelte den Kopf. Er hielt dabei die Lippen fest zusammengepreßt. *Sie weiß es noch nicht,* interpretierte Cardon diese Geste.

»Unten im Keller bei Coccozello«, sagte Prestonby laut.

»Wir stehen mit Coccozello telefonisch in Verbindung. Es gibt einen Lastenaufzug, der von hier oben direkt in den Keller führt. Coccozello sagt, daß Latterman mit einem Karabiner auf die Angreifer schießt und schon eine Anzahl von ihnen getroffen hat.«

Cardon nickte. Wahrscheinlich konnte der Mann es nicht mit seinem Berufsethos vereinbaren, in eine Aktion verwikkelt zu sein, die den wirtschaftlichen Interessen Peltons zuwiderlief. Das war typisch für die Ethik der Literaten.

»Wir sollten ihn 'raufkommen lassen«, sagte er. »Sie und ich, wir müssen sofort weg. Wir müssen Pelton und Claire in Sicherheit bringen. Latterman kann Major Slater helfen, bis wir mit Verstärkung zurückkommen. Ich werde mir einen gewissen Horace Yingling vorknöpfen und dann die Truppen zusammenholen, die er nach North Jersey geschickt hat.«

Er nickte dem Arzt und den vier Leibwächtern in Zivil zu. »Legen Sie Pelton auf die Bahre. Am besten schnallen Sie ihn an. Er steht zwar unter Hypnotaineinfluß, aber es wird wahrscheinlich ein ziemlich unangenehmer Flug. Claire, nehmen Sie mit, was Sie brauchen. Ralph bringt Sie vorübergehend in Sicherheit.«

»Aber das Kaufhaus —« begann Claire.

»Ihr Vater ist doch gegen Aufruhr versichert, oder? Das weiß ich sogar genau. Die haben ihm die Prämie verdoppelt, als er sich um den Senatssitz bewarb. Soll sich doch die Versicherungsgesellschaft den Kopf zerbrechen.«

Der Arzt und die Leibwächter gingen mit der Bahre in Chester Peltons privates Schlafzimmer. Claire trat an den Schreibtisch und nahm ein paar Dinge, darunter auch die Pistole, die Cardon ihr gegeben hatte. Sie steckte sie in ihre Handtasche.

»Wir müssen Claire ein paar Tage von ihrem Vater fernhalten, Ralph«, sagte Cardon leise zu Prestonby. »Die ganze Stadt weiß, daß sie Lesen und Schreiben kann. Wir müssen ihm Gelegenheit geben, sich etwas zu beruhigen, ehe er sie wiedersieht. Bringen Sie sie zu Lancedale. Ich habe alles vorbereitet; sie wird heute nachmittag in die Gewerkschaft aufgenommen und bekommt Literatenschutz.«

Prestonby griff impulsiv nach seiner Hand. »Frank! Das werde ich nie wieder gutmachen können —« begann er.

Plötzlich brach oben ein Höllenlärm los: das Rattern von Maschinengewehren, das Bellen der 20-mm-Maschinenkanonen, das Heulen von Flugzeugdüsen und das Krachen von Explosionen. Alle im Zimmer Anwesenden zuckten zusammen und blieben wie erstarrt stehen. Dann sprang Prestonby zum Fernsehschirm und drehte an den Knöpfen. Der Bildschirm flackerte auf, wurde wieder weiß und flackerte erneut auf. Und dann blickten sie durch eine Kameralinse auf die Zentralplattform. Ein Jagdbomber mit stark gepfeilten Tragflächen zog beinahe senkrecht in die Höhe; ein weiterer kam auf die Landeplattform zu. Vor ihren Augen zuckten Raketen unter den Tragflächen der Maschine hervor.

Cardon sah den Piloten der Ambulanz aus dem Kopter springen und auf den offenen Lichtschacht zurennen. Fünf Schritte schaffte er. Dann trafen die Raketen. Eine davon erwischte den Kistenstapel neben der Ambulanz. Ein Flammenmeer loderte auf, und der Mann und seine Ambulanz verschwanden in dem Inferno. Der Bildschirm wurde schwarz.

Die Feuerwerkskörper waren zum größten Teil beim ersten Schuß explodiert. Aber als Cardon und Major Slater und ein oder zwei weitere Männer die Landeplattform erreichten, gab es immer noch Explosionen. Ein mit rotem Papier bedeckte tonnenförmiges Ding kam auf sie zugerollt und detonierte plötzlich mit einem blau-grünen Blitz, dem eine Rauchsäule folgte, die dem Pilz einer Atomexplosion glich. Etwas, das etwa einen Meter lang war, kam mit einem Feuerstrahl auf sie zugeschossen, so daß sie sich flach auf den Boden warfen. Cardon riß unwillkürlich den Kopf herum und sah, wie der Feuerwerkskörper drei Häuserblocks weiter explodierte. Hie und da flammte farbiges Feuer auf. Kleine Raketen zischten herum, Knallfrösche platzten.

Die Ambulanz war verschwunden, einfach vom Dach geblasen. Die anderen Kopter auf der Landeplattform waren zu einem Haufen von Warackteilen geworden. Die 20-mm-Kanone war umgestürzt; der Richtschütze war tot, und einer aus der Bedienungsmannschaft versuchte halb benommen, einen dritten Mann unter der umgekippten Kanone herauszuziehen. Der Kontrollturm mit den beiden schweren Maschinengewehren war zerstört. Die beiden leichten MGs, die man auf der oberen Plattform gelassen hatte, waren mit ihren Schützen in einem riesigen Loch verschwunden, das eine Explosion ins Dach gerissen hatte.

Cardon, Slater und die anderen rannten vor und zogen die Maschinenkanone von dem Verletzten weg und schleppten ihn und seinen Kameraden zum Lift.

Jetzt kehrten die zwei Jagdbomber zurück und bestrichen das Dach mit Maschinengewehrfeuer. Hinter ihnen schwebten fünfzehn große Kopter heran. Cardon und seine Begleiter sprangen einen Stock tiefer aus dem Lift. Slater begann Befehle zu brüllen.

»Falk, nehmen Sie zehn Männer und gehen Sie zu den Liftschächten! Burdick, Levin! Holen Sie so viele Männer zusammen, wie Sie in dreißig Sekunden erreichen, und gehen Sie zur Liftstation! Diaz, gehen Sie hinunter und sagen Sie Sternberg, er soll seine Leute heraufbringen!«

Cardon schnappte sich einen Karabiner und suchte nach

einem Munitionsgurt. Dabei verlor er beinahe eine Minute Zeit. Das war sein Glück; denn als er den Lift erreichte, wurde er beinahe von den Männern überrannt, die auf der aufsteigenden Spirale hinunterrannten oder in die absteigende Spirale sprangen.

»Sonowaffen!« schrie einer von ihnen. »Die haben die Dachstation des Lifts unter Sperrfeuer genommen; wenn man von der Spirale kommt, kippt man sofort um!«

Er wandte sich um und blickte zum Lastenaufzug hinüber. Der Aufzug kam mit Falk und seinen Männern herunter. Sie waren alle bewußtlos. Die Ultraschallstrahler der Angreifer hatten sie außer Gefecht gesetzt. Ein halbes Dutzend der Angreifer, alle in den weißen Kapuzenumhängen der Sturmtruppen der Unabhängigen Konservativen, drängten aus dem Lift.

Cardon riß den Karabiner hoch und begann zu feuern. Als der Lift zum Stillstand gekommen war, waren die Männer in den weißen Umhängen entweder tot oder verwundet, und keiner der bewußtlosen Literatenleibwächter war verletzt. Der Arzt, der mit Cardon gekommen war, holte mit Hilfe einiger Büroangestellter die Verletzten heraus. Für die von Sonostrahlern getroffenen Männer konnte man im Augenblick nichts tun. In etwa einer halben Stunde würden sie wieder zu sich kommen und keine Nachwirkungen zeigen, die man nicht mit ein paar Kopfschmerztabletten beseitigen konnte.

Die Situation war zwar gefährlich, aber nicht verzweifelt. Wenn die weißgekleideten Angreifer auch die Landeplattform beherrschten, so konnten sie doch von den Feuerwaffen und Sonostrahlern der Verteidiger im Stockwerk darunter angehalten werden, die alles unter Feuer nahmen, das mit dem Lift herunterkam. Das Schicksal der ersten Stoßtrupps bewies das deutlich. Und das Ausmaß, das die Kämpfe inzwischen angenommen hatten, garantierte, daß irgend jemand draußen, Stadtpolizei, Miliz oder vielleicht sogar reguläre Truppen in Kürze eingreifen würden.

Der Luftangriff und die Kopterlandung auf dem Dach waren eine ausgezeichnete Taktik gewesen, strategisch aber ein ernsthafter Fehler. Solange der Zwischenfall auf das Innere des Kaufhauses beschränkt war, konnte die Polizei die ganze Aktion als unbedeutende Auseinandersetzung auf Privatebene abtun; denn für Privatbesitz war die Privatpolizei zuständig.

Der Raketenangriff auf die Zentral-Landeplattform und die spektakuläre Feuerwerksexplosion dagegen konnte man nicht mehr übersehen. Der farbige Rauchpilz allein mußte in den fünf ursprünglichen Bezirken des alten New York sichtbar gewesen sein, und vermutlich gab es inzwischen sogar schon Gerüchte, daß man eine Atombome abgeworfen hätte.

»Ich möchte bloß wissen«, sagte Slater, der vermutlich die gleichen Gedanken gehabt hatte, zu Cardon, »wo sie die beiden Jagdbomber herhaben. So etwas befindet sich doch normalerweise nicht in Privatbesitz.«

»Vor zweihundert Jahren gab es das sogenannte Sullivangesetz«, erklärte Cardon. »Private Bürger durften damals nicht einmal Pistolen führen. Aber die Gangster und das andere lichtscheue Gesindel schienen sich so viele Pistolen verschaffen zu können, wie sie nur wollten. Auch Maschinenwaffen. Ich kenne vier oder fünf Banden in dieser Gegend, die Kampfflugzeuge besitzen. Sie haben sie auf Stützpunkten in den Adirondacks-Bergen untergebracht. Wenn jemand Verbindungen mit einer dieser Banden hat, so kann man binnen einer Stunde einen Luftangriff bestellen, sofern das nötige Kleingeld vorhanden ist.

Aber was ich nicht begreife ist, daß die Unabhängigen

Konservativen so etwas tun. Diese Geschichte wird doch im ganzen Staat bekannt, ehe die Wahllokale morgen öffnen —« Er schnippte plötzlich mit den Fingern. »Kommen Sie, wir wollen uns die Leute ansehen, die mit dem Lift heruntergekommen sind!«

Zwei tote Männer in den weißen Kapuzenumhängen der Unabhängigen Konservativen lagen, wo man sie hingelegt hatte. Cardon zog ihnen die Kapuzen herunter und öffnete die weißen Umhänge. Einer der Männer war ihm völlig fremd, aber den anderen hatte er vor ein paar Stunden im Manhattan-Hauptquartier der Radikalsozialistischen Partei gesehen. Er gehörte der Vereinigten Illiteratenorganisation an, war ein Gefolgsmann von West und Yingling.

»So ist das also!« sagte er und richtete sich auf. »Jetzt begreife ich! Wir wollen doch mal sehen, ob jemand von den Verwundeten vernehmungsfähig ist.«

15

Ray Pelton und Doug Yetsko streckten auf der rechten Seite des Lastenkopters die Köpfe zum offenen Fenster hinaus. Ray deutete hinunter.

»Dieses Dach dort sieht wie ein geeigneter Landeplatz aus«, sagte er. »Wir können die Feuerleiter hinunterklettern, und der Eingang zum Transportband ist nur einen halben Block entfernt.«

Yetsko nickte. Natürlich würde das Gebäude, auf dem Ray landen wollte, bewacht sein. Aber dieses Problem ließ sich mit ein paar hundert Dollar aus der Welt schaffen. Und dann würden sie zwei von Masons Leuten bei den Fahrzeugen zurücklassen, um sicherzustellen, daß der Mann auch bestochen blieb.

»Und du bist sicher, daß wir auf dem Transportband hineinkommen?« fragte er. »Vielleicht ist es bewacht.«

»Dann müssen wir durch einen Kabelschacht hineinkriechen«, sagte Ray. »Das habe ich schon oft getan, und die meisten anderen auch.« Er deutete mit einer Kopfbewegung ins Innere des Transporters, wo etwa ein Dutzend seiner Schulkameraden saßen. »Ich habe im Kaufhaus gespielt, seit ich laufen konnte. Wahrscheinlich weiß ich dort besser Bescheid als jeder andere — außer vielleicht dem Architekten, der es gebaut hat. Deshalb habe ich auch gesagt, daß wir Schußwaffen mitbringen müssen. Mit Gaspistolen würden wir uns bloß selber außer Gefecht setzen, und Sonostrahler sind auch gefährlich — wegen des Echos.«

Der Transporter senkte sich langsam auf das Dach herab.

Der Wachmann schien Vernunftgründen zugänglich zu sein. Er warf einen Blick auf Yetsko, schluckte und nahm dann die zwei Hunderter, die Yetsko ihm reichte. Sie ließen zwei Literatenleibwächter bei dem Kopter, und Ray ging zu der Feuertreppe voraus und kletterte in die Seitengasse hinunter. Nach etwa hundert Metern erreichten sie ein Eisengitter, das sie hochzogen. Ray holte die Pistole heraus, die er sich aus Captain Prestonbys Waffenschrank genommen hatte, und überprüfte Magazin und Sicherung. Er wußte, daß Yetsko und die anderen Leibwächter ihn kritisch beobachteten. Dann kletterte er die Leiter hinunter.

Der Leitungsschacht befand sich auf halber Höhe. Yetsko, der hinter ihm kletterte, leuchtete mit seiner Taschenlampe hinein und schien sich zu fragen, wie er je in ein so enges Loch passen sollte. Sie kletterten auf den gepflasterten Weg, der neben den Transportbändern verlief. Ray sah im schwachen Licht der Deckenlampen, daß die beiden breiten Fließbänder, die in das Kaufhaus und wieder herausführten, nach beiden Richtungen leer waren. Normalerweise herrschte darauf ein ständiger Warenverkehr — große Behälter mit Paketen, die ausgeliefert werden sollten, Abfalltonnen, die hinausfuhren, Ballen, Kisten und Pakete mit Waren, leere Lieferkörbe und leere Abfallbehälter, die ins Kaufhausinnere wanderten. Er wies Yetsko darauf hin.

»Klar«, nickte dieser. »Die können das von der Zentrale aus steuern. Wahrscheinlich sitzen ein paar Figuren am anderen Ende. Hoffentlich sind sie noch nicht im Keller.«

»Und wenn sie dort sind, weiß ich trotzdem, wie wir hineinkommen«, erklärte Ray. »Sie bleiben am besten etwa fünf Minuten hier und lassen mich auskundschaften. Schließlich wollen wir nicht mit denen zusammenstoßen.«

Yetsko schüttelte den Kopf. »Nein, Ray. Der Captain hat gesagt, daß ich bei dir bleiben soll. Ich komme mit. Und wir nehmen am besten noch einen von den Jungs mit, falls wir einen Läufer brauchen, um eine Nachricht hierher zu schikken.«

»Ramon, du kommst mit«, sagte Ray. »Ihr anderen bleibt fünf Minuten hier. Wenn ihr bis dahin nichts von uns gehört habt, folgt ihr uns.«

»Mason, Sie übernehmen das Kommando«, befahl Yetsko. »Und passen Sie gut auf. Wir sitzen hier wirklich wie in einer Falle. Die sind hinter uns und vor uns. Wenn von hinten jemand kommt, schicken Sie die Jungs zum nächsten Leitungsschacht.«

Ray, Yetsko und Ramon Nogales machten sich auf den Weg. Nach einigen Metern fanden sie eine Schmierölpfütze auf dem Betonboden sowie Fußspuren, die davon ausgingen und zum Kaufhaus hinüberführten. Ramon Nogales bemerkte Ölspuren an der Leiter zum nächsten Leitungsschacht.

»Du bleibst hier«, befahl Yetsko. »Wenn Mason und die anderen kommen, hältst du sie hier fest. Sag Mason, er soll einen Mann nach vorn schicken und mit den übrigen Leuten hier bleiben und sich jeden schnappen, der herauskommt. Los, Ray.«

An der nächsten Schachtöffnung blieben sie stehen und warteten, bis Masons Mann nachgekommen war. Dabei verloren sie etwas Zeit, erfuhren aber, daß der Leitungsschacht zwischen den beiden Wanddurchbrüchen leer war und daß man die Telefonleitung zum Kaufhaus durchschnitten hatte. Wer auch immer das getan hatte, war verschwunden, und man wußte nicht, ob er ins Kaufhaus oder anderswohin gegangen war.

Sie gingen weiter. Nach einer Weile wurden Schüsse hörbar, deren Lärm das Klappern und Rattern der Laufbänder übertönte.

»So, jetzt fangen wir an zu kriechen«, erklärte Yetsko. »Die Leute deines Vaters scheinen den Keller gegen eine Gruppe im Transportbandtunnel zu halten.«

Einer der Jungen ging voraus, um auszukundschaften, und kam nach einer Weile mit der Meldung zurück, daß sie noch bis zum nächsten Leitungsschacht vordringen konnten, daß dort aber beide Transportbänder stillstanden.

Yetsko dachte nach. Er schnitt eine Grimasse. »Ich möchte die gern von hinten angreifen«, sagte er. »Aber ich hab keine Ahnung, wie viele es sind, und wir müssen aufpassen, wenn wir das Feuer eröffnen, daß wir nicht die Leute deines Vaters treffen. Ich wünschte —«

»Nun, dann kriechen wir eben durch den Leitungsschacht«, schlug Ray vor. »Wir können einen Seitenschacht nehmen und so den Keller erreichen. Ich gehe voraus. Jeder im Kaufhaus kennt mich — Sie kennt man nicht. Die können Sie erschießen, ehe sie wissen, daß Sie ein Freund sind.«

Ehe Yetsko Einwände erheben konnte, kletterte Ray die Leiter hinauf, dicht gefolgt von Yetsko und den anderen.

Am nächsten Leitungsschacht hörten sie deutlich Schüsse, die von vorn zu kommen schienen. Am nächsten Schacht schien die Schießerei unmittelbar unter ihnen im Tunnel stattzufinden.

Im Schein der Taschenlampe, die Yetsko ihm gereicht hatte, sah Ray, daß die Staubschicht auf dem Betonboden des im Querschnitt einen Meter breiten Schachtes zwischen und unter dem Kraft- und Telefonkabeln unberührt war.

Etwas weiter vorn gab es links eine Schachtöffnung, in die ein Energiekabel abzweigte. Ray konnte sich herumdrehen und die Füße nach vorn bringen. Yetsko mußte weiterkriechen, bis er die Abzweigung passiert hatte, und konnte dann wieder rückwärts kriechend Ray folgen. Zu beiden Seiten des Schachtes die Füße einstemmend, rutschte Ray Zentimeter um Zentimeter hinunter. Die ganze Zeit hoffte er, daß Doug Yetsko mit seinen hundert Kilo ihm nicht plötzlich in den Nacken fiele.

Von unten drangen Stimmen herauf. Er ließ das Kabel los und rutschte das letzte Stück hinunter. Unter ihm war die Elektrowerkstatt, unmittelbar über den Heizräumen. Zwei Männer, die an einer Werkbank gearbeitet hatten und offenbar versuchten, aus einer Unmenge von Einzelteilen ein Radio zusammenzubasteln, wirbelten herum und griffen nach ihren Waffen. Ray kannte sie beide — Sam Jacobowitz und George Nyman, die die Sprechanlagen und Telefone des Kaufhauses warteten. Beide starrten ihn an und stießen erstaunte Rufe aus.

»Kommen Sie, Doug!« rief Ray. »Wir haben es geschafft! Holen Sie die anderen!«

16

Frank Cardon und Ralph Prestonby warteten an der Tür des Lastenaufzugs, als sie aufging und Russell Latterman, einen Karabiner am Riemen tragend, herauskam. Cardon trat vor und nahm ihm die Waffe weg. »Kommen Sie, Russ«, sagte er. »Und machen Sie keine Dummheiten.«

Sie schoben ihn auf die Seite. Latterman blickte verstört von einem zum andern und leckte sich über die Lippen.

»Schon gut. Wir tun Ihnen nicht weh, Russ«, beruhigte ihn Cardon. »Wir wollen bloß einiges wissen. Sie sind an dem Zwischenfall mit Bayne und Pelton schuld und hätten beinahe Chet Pelton umgebracht, und Ihretwegen mußte Claire ihre Tarnung aufgeben. Wie weit sind Sie in diese andere Geschichte verwickelt?«

»Und wer hat Sie dazu veranlaßt?« wollte Prestonby wissen. »Ich vermute, Joyner und Graves. Hab ich recht?«

»Graves«, sagte Latterman. »Joyner hatte nichts damit zu tun. Er wußte überhaupt nichts. Er leitet die Sektion Einzelhandel, und so etwas wäre moralisch nicht vertretbar gewesen, weil Pelton Vertragspartner der Sektion Einzelhandel ist und seine Literaten von dort zugeteilt bekommt. Graves hat mir bloß gesagt, ich sollte mir etwas überlegen, das einen Literatenstreik provozieren und entweder Claire oder Frank dazu zwingen würde, ihr Literatentum öffentlich zuzugeben. Aber ich hatte keine Ahnung, daß ein solcher Aufruhr daraus entstehen könnte. Wenn ich das gewußt hätte, dann hätte ich aus ethischen Gründen abgelehnt, auch nur einen Finger zu rühren.«

»So hatte ich es mir vorgestellt«, nickte Cardon. »Graves hat wahrscheinlich von den Literaten der Unabhängigen Konservativen erfahren, daß dieser Aufruhr geplant war. Er wollte unsere Leute aus dem Kaufhaus holen. Zu seinem

Pech war er bei der Sondersitzung nicht anwesend, bei der Baynes Streikbeschluß widerrufen wurde.«

Er gab Latterman den Karabiner zurück. »Den habe ich Ihnen bloß für den Fall weggenommen, daß Sie auf dumme Gedanken gekommen wären, ehe ich alles erklärt habe. Und die Opposition von Graves und Joyner gegen Pelton können Sie auch vergessen. Wir hatten gleich nach Mittag eine Sitzung. Lancedale hat die Oberhand gewonnen. Joyner und Graves befürworten jetzt den Plan unserer Fraktion. Es wurde beschlossen, Pelton zu unterstützen und sich seinem Sozialisierungsprogramm anzuschließen, um dann mit von der Partie zu sein.«

»Ich halte das immer noch für sehr gefährlich«, meinte Latterman. »Aber nicht so gefährlich wie eine Spaltung der Gewerkschaften. Ob ich wohl die Literatenhalle anrufen kann, ohne daß die Techniker alles mithören?«

»Sie waren unten im Keller nicht mehr auf dem laufenden, Russ«, sagte Prestonby. »Unser Telefonkabel ist durchgeschnitten, und die Sendeanlage ist kaputt.« Er berichtete Latterman von dem Raketenangriff auf den Kontrollturm, in dem sich auch die Funkstation des Kaufhauses befand. »Wir sind also zwischen zwei Feuern gefangen; eine Gruppe hat uns im zwölften Stock blockiert, eine weitere ist auf dem Dach und versucht uns von oben anzugreifen. Und wir haben keine Möglichkeit, mit der Außenwelt in Verbindung zu treten. Wir können zwar die normalen Sendungen anhören, aber die Außenwelt scheint sich nicht sehr für uns zu interessieren.«

»In der Elektrowerkstatt gibt es eine Menge Geräte«, sagte Latterman. »Vielleicht könnten wir einen Sender zusammenbasteln und mit einer der Fernsehstationen draußen in Verbindung treten.«

»Gute Idee«, sagte Prestonby. »Wollen sehen, was wir

machen können.«

Sie gingen in Peltons Büro. Der Kaufhausbesitzer lag immer noch reglos auf seiner Bahre. Claire drehte an den Knöpfen eines Fernsehers. Sie hatte gerade eine Sendung über die Verschönerung von Wohnungen ausgeschaltet und war mitten in ein Serienstück hineingeraten, in dem drei Ehepaare verwirrt festzustellen suchten, wer nun eigentlich mit wem verheiratet war.

»Niemand scheint überhaupt zu wissen, was hier passiert«, sagte sie und drehte den Knopf weiter. Und dann erstarrte sie, als Elliot C. Mongery — diesmal im Auftrag von Parc, dem Reinigungswunder — auf dem Bildschirm erschien.

». . . darauf hin, daß der Angriff auf Chester Peltons Unternehmen neue Komplikationen ausgelöst hat. Jemand scheint entschlossen zu sein, die ganze Familie Pelton auszulöschen. Erst vor zehn Minuten drangen etwa zwanzig bewaffnete Männer in die Mineola-Oberschule ein, wo Peltons fünfzehnjähriger Sohn Raymond studiert, und erzwangen sich den Zutritt zum Büro von Literat Erster Klasse Ralph N. Prestonby, wo sie versuchten, den jungen Pelton zu entführen.

Weder Literat Prestonby, der Schulleiter, noch der junge Pelton, von dem man annahm, daß er sich in dem Büro befände, waren aufzufinden. Der Geistesgegenwart von Literat Martha B. Collins ist es zuzuschreiben, daß die Eindringlinge in die Flucht geschlagen wurden. Sie drückte nämlich den Knopf, der den Feueralarm auslöste, worauf die Gänge sich mit Studenten füllten. Die Eindringlinge flohen und können vermutlich von Glück reden, daß sie mit dem Leben davongekommen sind —«

Prestonby blickte besorgt auf. »Ich habe Ray mit Doug Yetsko in meinem Büro gelassen«, sagte er. »Ich begreife nicht —«

»Vielleicht hat Yetsko einen Tip bekommen, daß eine Entführung geplant war, und hat Ray aus der Schule geschafft«, meinte Cardon. »Hoffentlich hat er ihn nach Hause gebracht.« Er hielt gerade noch rechtzeitig inne, bevor er die Literatenleibwächter erwähnen konnte, die in Peltons Haus stationiert waren. Schließlich durfte er in seiner Rolle als Illiterat davon nichts wissen.

»Keine Sorge, Claire«, fuhr er fort. »Wenn Ray etwas zugestoßen wäre, hätte Mongery ein mächtiges Geschrei erhoben. Schließlich wird er dafür bezahlt.«

»Nun, ich möchte meinen Kopf darauf verwetten, daß man davon gehört hätte, wenn jemand Ray angegriffen hat, während Yetsko bei ihm war«, sagte Prestonby. »Das wäre eine noch größere Schlacht als diese hier gewesen.«

». . . nicht zu erfahren, was in Peltons Kaufhaus vor sich geht«, fuhr Mongery fort. »Die Telefon- und Funkverbindung scheint abgerissen zu sein und, obwohl man aus dem Inneren des Gebäudes Schüsse hört, erklärt die Stadtpolizei, die das ganze Areal umstellt hat, daß die Lage im Kaufhaus keinen Anlaß zur Beunruhigung gebe. Angesichts von Chester Peltons Vorwürfen gegen die Stadtverwaltung und insbesondere gegen die Polizeibehörde überlasse ich es Ihrer Phantasie, was damit gemeint ist. Wir wissen jedenfalls, daß eine größere Anzahl unidentifizierter Schlägertypen, die Polizeiinspektor Cassidi als ›Einsatzbeamte‹ bezeichnet, das Transportband, das zu dem Kaufhaus führt, unter Kontrolle halten. Niemand scheint zu wissen, was am anderen Ende vor sich geht —«

»Beide Transportbänder sind am Eingang blockiert«, sagte Latterman, der in diesem Augenblick eintrat. »Coccozello hat eine Barrikade errichten lassen, unmittelbar hinter dem Ladeneingang, und etwa fünfzig Meter weiter, im Tunnel, ist auch eine Barrikade. Dort war ich, als Sie mich riefen.«

»Arbeitet jemand an einem improvisierten Sender?« fragte Prestonby.

»Ja. Ich habe gerade Coccozello angerufen«, erklärte Latterman. »Zum Glück funktioniert die Haustelefonanlage noch. Er hat ein paar Leute darauf angesetzt und hofft, daß wir in etwa einer halben Stunde ein Gerät zur Verfügung haben.«

». . . und wenn, wie ich sehr befürchte, Chester Pelton ermordet worden ist, dann rate ich allen, die mir jetzt zuhören, morgen zu den Wahlurnen zu gehen und die Stimme den Anarchisten zu geben. Wenn wir schon in diesem Lande Anarchie haben müssen, dann wenigstens Anarchie für alle und nicht nur für Grant Hamilton und seine politischen Anhänger!« sagte Mongery.

Im Stockwerk über ihnen gab es eine Anzahl schwerer Explosionen. Alle griffen nach Waffen und rannten hinaus, zwängten sich auf die Rolltreppen. Das Stockwerk darüber war ein einziges Trümmerfeld. Überall lagen Leichen herum, und auf der nach unten führenden Rolltreppe kamen die Angreifer in den weißen Umhängen in hellen Scharen herunter. Offenbar hatten sie ihren Angriff damit vorbereitet, daß sie Splitterbomben hinuntergeworfen hatten.

Diesmal hatte Cardon eine Maschinenpistole. Er leerte sein Fünfzig-Schuß-Magazin mit einer Salve in die Reihen der Kapuzenträger. Prestonby neben ihm hatte eine schwere Sonowaffe. Er hielt sie auf die oberste Stufe der Rolltreppe gerichtet und zog den Abzug durch, bis die Ladung der Waffe erschöpft war. Dann schob er das nächste Magazin mit dem kleinen Generator hinein, der die Schallwellen erzeugte.

Trotzdem kamen viele der Angreifer durch. Weitere drangen durch den Liftschacht ein. Cardons Maschinenpistole verstummte. Das Magazin war leergeschossen. Er ließ die Waffe fallen und riß den Revolver aus der Schulterhalfter.

Und dann kam vom Lastenaufzug Verstärkung heran. An ihrer Spitze ein hünenhafter Mann im schwarzen Lederanzug der Literatenleibwächter. In seiner rechten Hand schwang er ein meterlanges Stück Schlauch. Mit der Linken feuerte er eine Pistole ab.

Hinter ihm kam ein Junge in einer schwarz-roten Jacke, der eine Maschinenpistole in der Hand hielt und damit gezielte, kurze Feuerstöße abgab. Es dauerte ein paar Sekunden, bis Cardon die beiden erkannte: Prestonbys Leibwächter Doug Yetsko und Claire Peltons Bruder Ray.

Ihnen folgten vier weitere Literatenleibwächter und etwa ein Dutzend Jungen, die alle aus den verschiedensten Waffen feuerten.

Gleichzeitig kamen weitere Verteidiger über die Rolltreppen aus den unteren Stockwerken herauf: Slaters Literatenleibwächter, die Literaten und ihre schwarz uniformierten Helfer aus Hopkinsons Mannschaft, die fünfzehn Überlebenden der zwanzig Polizisten, die Macy & Gimbel's zur Verfügung gestellt hatte.

Die Angreifer machten kehrt und drängten sich in die nach oben führenden Rolltreppen. Die meisten konnten mit ihren Verwundeten fliehen. Doug Yetsko sprang mit einem wahren Panthersatz vor und schmetterte seinen Feuerschlauch einem der Angreifer in den Nacken. Dann knatterten noch ein paar Schüsse, und plötzlich trat Ruhe ein.

Cardon trat vor und riß dem Mann, den Yetsko niedergeschlagen hatte, die Kapuze herunter. Vielleicht konnte man den Mann verhören. Aber er war tot. Sein Halswirbel war gebrochen. Einen Augenblick sah Cardon auf die harten, brutalen Züge von Joe West, dem Mann von der Illiteratenorganisation. Wenn Chester Pelton dieses Tohuwabohu lebend überstand und morgen die Wahl gewann, würde es in der Radikalsozialistischen Partei eine große Säuberung geben müssen. Die Vereinigte Illiteratenorganisation würde dabei Haare lassen müssen.

Er wandte sich Yetsko zu.

»Sie und Ihre Leute sind gerade rechtzeitig gekommen«, sagte er. »Wie sind Sie denn hereingekommen?«

»Durch den Keller, über das Transportband.«

»Aber ich dachte, diese Schweine hätten das abgeriegelt.«

»Das hatten sie auch«, grinste Yetsko. »Aber Ray Pelton wußte einen anderen Eingang, und wir sind durch einen Kabelschacht gekrochen. Auf die Weise haben wir es geschafft.«

Cardon sah sich schnell um. Er suchte Ray. Der Junge stand da und blickte aus geweiteten Augen auf die Toten und Verwundeten. Er schluckte. Dann schob er den Sicherungshebel seiner Maschinenpistole vor, hängte sie über die Schulter und lehnte sich gegen die Wand. Er übergab sich.

Prestonby und Claire Pelton gingen auf den Jungen zu. Er würgte immer noch, und sein Gesicht war weiß. Yetsko streckte seine mächtige Pranke aus und hielt die beiden zurück.

»Wenn der Junge sich übergeben will, dann lassen Sie ihn«, sagte er. »Er hat ein Recht darauf. Nach meinem ersten Kampf war mir noch viel übler. Das nächste Mal ist das nicht mehr so.«

»Es wird kein nächstes Mal geben!« erklärte Claire.

»Das glauben Sie, Miss Claire«, sagte Yetsko.

Cardon stieg über die Leiche von Joe West und trat zu ihnen.

»Tut mir leid, wenn ich stören muß«, sagte er, »aber wir müssen uns noch etwas ausdenken, wie wir hier herauskommen. Ob wir es auf demselben Weg schaffen, auf dem Sie hereingekommen sind?« fragte er Yetsko. »Und können wir Mr. Pelton mitnehmen?«

Yetsko runzelte die Stirn. »Wir müßten wieder durch den Leitungsschacht kriechen — und der ist bloß einen Meter breit und einen Meter hoch. Und dann müßten wir eine Leiter hinaufklettern und durch eine Luke, um in den Transportbandtunnel zu kommen. In welcher Verfassung ist Mr. Pelton?«

»Er ist mit Hypnotain behandelt worden und völlig besinnungslos«, erklärte Prestonby.

»Dann müssen wir ihn schleppen«, sagte Yetsko. »Schnallen Sie ihn in eine Plane oder stecken Sie ihn in einen Schlafsack, falls Sie einen finden.«

»Unten im Lager gibt es eine ganze Menge davon«, schaltete sich Latterman ein und trat zu ihnen. »Und das Lager kontrollieren wir.«

»Also gut«, entschied Cardon. »Wir schaffen ihn jetzt hinaus und bringen ihn nach Hause. Ich habe einige Männer dort, die sich um ihn kümmern werden. Sie und Ray müssen wir auch hinausschaffen«, sagte er zu Claire gewandt. »Ich denke, wir bringen Sie in die Literatenhalle. Dort sind Sie sicher wie in Abrahams Schoß.«

»Aber das Kaufhaus«, wandte Claire ein. »Und all die Leute, die hierhergekommen sind, um uns zu helfen —«

»Sobald Ihr Vater zu Hause ist, werde ich Hilfstruppen zusammentrommeln, um den Belagerungsring zu sprengen«, sagte Cardon. »Sturmtruppen der Radikalsozialisten und —« plötzlich grinste er, »— die Versicherungsgesellschaft, bei der das Kaufhaus gegen Aufruhr versichert ist! Warum habe ich nicht gleich daran gedacht? Die verlieren mit jeder Sekunde, die es hier so weitergeht, Geld. Ich glaube, für die rentiert es sich bestimmt, etwas dagegen zu unternehmen!«

Der Abzug durch den Leitungsschacht war nicht besonders schwierig, obwohl der bewußtlose Chester Pelton sie natürlich behinderte. Aber Prestonby war davon überzeugt, daß das Gelingen des Unternehmens nur der übermenschlichen Kraft Doug Yetskos zuzuschreiben war. Ohne ihn wäre es beinahe unmöglich gewesen.

Ray Pelton, der sich von seiner Übelkeit inzwischen erholt hatte, ging voran. Cardon kroch hinter ihm, gefolgt von zwei Schülern. Dann kam Yetsko, der den Schlafsack hinter sich herzog, in den man Chester Pelton wie eine Mumie gesteckt hatte. Dahinter kam Prestonby, der seinen zukünftigen Schwiegervater von hinten schob, dahinter wiederum Claire. Rays Klassenkameraden bildeten die Nachhut.

Sie passierten den Eingang zum Kaufhauskeller, wo immer noch gekämpft wurde, ließen Pelton mit einem Seil hinunter und trugen ihn dann auf das nach draußen führende Transportband. Dann versammelten sie sich unter der Leiter, die nach Rays Meinung zu der Seitengasse hinaufführte, aus der sie gekommen waren. Pelton zogen sie hinter sich her.

Als sie alle im Freien waren, rannte Ray die Gasse entlang und kletterte eine Feuertreppe hinauf. Wenige Minuten später senkte sich ein großer Transporthelikopter, der auf dem Dach gestanden hatte, zu ihnen herunter. Cardon ließ den bewußtlosen Senatskandidaten und die Schüler, die mit Ray gekommen waren, einladen.

»Ich bringe ihn nach Hause und schaffe die Jungen dann in die Schule«, sagte er zu Prestonby. »Sie und Ray und Claire steigen in den anderen Kopter und fliegen sofort zur Literatenhalle.« Er deutete auf die Passagiermaschine, die über ihnen schwebte und nur darauf wartete, daß der Transporter den Landeplatz freimachte.

»Gehen Sie durch die Kirche hinein, gleich in Lancedales Büro. Und noch etwas —« Er schrieb eine Adresse, eine Telefonnummer sowie zwei Namen auf. »Diese Männer halten meinen Kopter an dieser Adresse bereit. Rufen Sie sie sofort an, wenn Sie in die Literatenhalle kommen, und sagen Sie ihnen, sie sollen die Maschine zu Peltons Haus auf Long Island schaffen.«

Prestonby nickte und sah zu, wie Cardon in den Transporter stieg. Der Leibwächter, der am Steuer saß, hob ab und steuerte die Maschine nach Osten. Der Passagierkopter, den ein weiterer Leibwächter aus der Schule steuerte, setzte auf. Prestonby half Ray und Claire beim Einsteigen und kletterte ihnen dann nach.

»Ray«, sagte er, »wärst du gern ein echter Literat mit weißem Kassak?«

Ray riß die Augen auf. »Sie glauben, ich wäre geeignet?«

»Geeignet, um zunächst als Novize anzufangen. Und ich glaube nicht, daß du lange Novize bleiben wirst.«

Claire sah ihn fragend an, sagte aber nichts.

»Du auch, Liebling«, sagte Prestonby zu ihr. »Frank hat alles vorbereitet. Du und Ray, ihr werdet heute nachmittag in die Gewerkschaft aufgenommen. Und dann gibt es auch keine Einwände mehr dagegen, daß wir heiraten.«

»Aber . . . was ist mit dem Senator?« fragte sie.

Prestonby zuckte die Achseln. »Der ganze Staat weiß inzwischen, daß du lesen kannst; da kann man jetzt nichts mehr machen. Und Frank hat großen Einfluß auf ihn. Der kriegt ihn schon so weit, daß er uns seinen Segen gibt und das Beste daraus macht. Das dauert höchstens eine Woche.«

17

Russell Latterman bemerkte, daß Major Slater ihn in respektvoller Weise fragend ansah. Er sagte nichts, und schließlich war es der Offizier, der das Schweigen brach.

»Sie sind nicht mit den anderen weggegangen?«

Latterman schüttelte den Kopf. »Nein, Major; ich gehöre zur Geschäftsleitung von Peltons Käuferparadies — wenn der Name auch im Augenblick etwas unwahrscheinlich klingt. Meine Stelle ist hier. Ich werde ziemlich auf Sie angewiesen sein, bis Mr. Cardon Hilfe herbeischaffen kann. Ich bin das Kämpfen nicht gewöhnt.«

»Aber mit diesem Karabiner können Sie ganz gut umgehen«, meinte Slater.

»Ja, wenn ich auf etwas ziele, treffe ich auch. Aber ich bin es nicht gewöhnt, Männer im Kampf zu befehligen, und als Taktiker habe ich auch nicht viel Erfahrung.«

Slater streckte ihm impulsiv die Hand hin. »Ich hatte zuerst keine besonders hohe Meinung von Ihnen. Es tut mir leid«, sagte er. »Soll ich das Kommando übernehmen?«

»Ja, bitte, Major.«

»Und was werden Sie machen, wenn das hier vorbei ist?« fragte Slater.

»Bei Pelton bleiben, sofern Mr. Pelton nicht herausfindet, daß ich diesen Trick mit dem Safe und seiner Medizin organisiert habe«, sagte Latterman. »Da Lancedale inzwischen Erfolg gehabt hat, bin ich ab sofort ein Anhänger von ihm. Das ist teilweise Opportunismus, liegt teilweise aber auch daran, daß man sich endlich auf eine einheitliche Politik hat einigen können, der ich mich verpflichtet fühle. Ich werde dafür sorgen müssen, daß das Kaufhaus so bald als möglich wieder funktionsfähig ist. Pelton wird dringend Geld brauchen, wenn er sich um die Präsidentschaft bewerben will.«

Er sah sich um. »Wissen Sie, ich wollte schon immer einen Brandausverkauf organisieren, aber das hier wird sogar noch besser — ein Kampfausverkauf!«

Cardon sah Chester Pelton prüfend an, als der kahlköpfige Kaufhausbesitzer und Senatskandidat einen Schluck aus dem hohen Glas, das er in der Hand hielt, nahm, und es dann wieder auf den Tisch stellte. Sein Gesicht war bleich, und er sah aus wie ein Mann, dem man soeben einen Hieb mit einem Totschläger versetzt hatte.

»Das ist aber eine ganze Menge auf einmal, Frank«, sagte er tadelnd.

»Wär's Ihnen denn lieber, wenn ich Ihnen sagte, Sie sollen den Fernseher einschalten und sich das Gleiche von irgendeinem Kommentator anhören?« fragte Cardon.

Pelton fluchte monoton und verdammte das ganze Literatentum und alle Literaten bis zurück zur Erfindung des Alphabets. Dann hielt er inne.

»Nein, Frank, so meine ich es eigentlich nicht. Mein eigener Sohn und meine eigene Tochter sind Literaten; so etwas kann ich ihnen nicht antun, aber wie lange —?«

»Oh, etwa ein Jahr, würde ich sagen. Ich habe gerade erfahren, daß sie vor sechs Monaten in die Gewerkschaft aufgenommen wurden«, schwindelte er.

»Und die haben die ganze Zeit gegen mich gearbeitet?« fragte Pelton.

Cardon schüttelte den Kopf. »Nein, Chet, sie standen hundertprozentig hinter Ihnen. Ihre Tochter hat ihr Literatentum aufs Spiel gesetzt, um Ihr Leben zu retten. Ihr Sohn und Ihre Tochter kamen ins Kaufhaus und haben für Sie gekämpft. Aber es gibt Literaten, die Ihre Niederlage wünschen. Die sind es, die insgeheim die Aufzeichnung von der Zeremonie gemacht haben, in der Ihr Sohn und Ihre Tochter den Literateneid ablegt und den weißen Kassak erhalten haben. Und sie werden diese alte Aufnahme heute abend um einundzwanzig Uhr senden. Das im Zusammenhang mit den Gerüchten von heute nachmittag und Slate Garners Rede heute morgen müßte nach Meinung dieser Leute ausreichen, um Sie zu besiegen.«

»Und — glauben Sie das nicht auch?« fragte Pelton niedergeschlagen. »Meine eigenen Kinder sind Literaten!« Er schien an einem Punkt angelangt zu sein, an dem es ihn eine Art masochistische Freude bereitete, das Messer in der eigenen Wunde umzudrehen. »Wer würde mir denn nach so etwas noch Vertrauen schenken?«

»Nein, Chet. Das reicht nicht aus, um Sie zu besiegen — wenn Sie jetzt bloß aufhören würden zu jammern und endlich anfingen zu kämpfen. Die haben einen Fehler gemacht, und der bricht ihnen den Hals.«

»Was für einen Fehler denn, Frank?« fragte Pelton, und seine Miene hellte sich auf.

»Die zeitliche Abstimmung natürlich!« erklärte Cardon ungeduldig. »Ich dachte, Sie würden das sofort erkennen. Diese Fernsehsendung kommt um einundzwanzig Uhr. Unmittelbar nach der Sendung über Claire und Ray sind Sie dran. Und wenn Sie eine vernünftige Ansprache halten, dann kann sich im ganzen Staat keiner mehr mit einem weißen Kassak sehen lassen. Wenn die so schlau gewesen wären und abgewartet hätten, bis Sie die Rede gehalten haben, die Sie in den letzten zwei Wochen vorbereitet haben, und dann erst ihren Trumpf ausgespielt hätten, wäre das etwas anderes gewesen. Dann hätten die Sie wirklich in die Enge getrieben. Aber so, wie es jetzt ist, haben Sie die Oberhand!«

Pelton nahm einen weiteren Schluck aus dem Glas und leerte es dann. »Machen Sie mir noch einen Drink von der Sorte, Frank«, sagte er. »Ich fühle mich bereits wie ein neuer

Mensch.« Jetzt umwölkte sich sein Gesicht wieder. »Aber wir haben keine Zeit, um eine Rede vorzubereiten, und aus dem Stegreif schaffe ich es nicht.«

Cardon holte eine kleine Recorderscheibe aus der Tasche.

»Spielen Sie das ab«, sagte er. »Ich habe das vorbereiten lassen, als ich erfuhr, was geschehen würde. Die Stimme ist die einer meiner Büroangestellten aus der Brauerei. Aussprache, Grammatik, Redestil und alles sind in Ordnung.«

Pelton schob die Scheibe in den Recorder und steckte sich den Hörer ins Ohr. Dann sah er Cardon noch einmal fragend an, ehe er auf den Knopf drückte.

»Wie haben Sie das alles erfahren, Frank«, wollte er wissen.

»Nun . . . hoffentlich verlangen Sie von mir nicht, daß ich über das viele Geld, das ich bei diesem Wahlkampf ausgegeben habe, Rechenschaft ablege. Einige Ausgaben würden ziemlich komische Anlässe haben, aber —«

»Das ist nicht nötig, Frank. Schließlich haben Sie genausoviel von Ihrem eigenen Geld wie von meinem ausgegeben«, unterbrach ihn Pelton.

». . . jedenfalls habe ich mir einen Draht zur Literatenhalle gekauft«, fuhr Cardon fort, ohne auf die Unterbrechung einzugehen. »Diesen Mongery zum Beispiel.«

Elliot Mongery war einer der besten Freunde von Literat Frank Cardon. Es beruhigte sein Gewissen, daß Mongery ihn ebenso skrupellos verleumden würde, wenn die Interessen von Lancedales Plan auf dem Spiel stünden. »Ich habe Mongery so im Griff.« Die Handbewegung, die er dabei machte, war sehr plastisch, so als höbe er ein kleines Tier am Nacken hoch. »Also fing ich sofort an, nachdem ich von diesen Plänen erfahren hatte, das hier vorzubereiten. Ein Semantiker im weißen Kassak würde es natürlich anders anpacken, aber so ist es eben ehrliches Illiteratendenken in

Illiteratensprache. Schalten Sie ein und sagen Sie mir, was Sie davon halten.«

Während Pelton sich die Aufnahme anhörte, mixte ihm Cardon einen Drink und fügte ein paar Tropfen von dem Herzmittel hinzu, das der Arzt ihm gegeben hatte.

Pelton lächelte, als er schließlich das kleine Gerät abschaltete und den Hörer aus dem Ohr nahm.

»Große Klasse, Frank! Und ich werde mich auch dabei nicht sehr verstellen müssen; mir ist wirklich so zumute.« Er überlegte. »Da ist etwas von meinem verwüsteten Kaufhaus die Rede. Wie schlimm ist es denn?«

»Ziemlich schlimm, Chet. Latterman sagt, es wird eine Weile dauern, um alles wieder herzurichten. Aber er rechnet damit, daß wir am Donnerstag oder Freitag wieder öffnen können. Er wird einen großen ›Kampfausverkauf‹ veranstalten. Er sagt, das wird in die Geschichte des Einzelhandels eingehen. Und der größte Teil des Schadens ist ohnehin durch die Versicherung gedeckt.«

»Erzählen Sie mir mehr davon. Wie haben Sie es angestellt, den Aufruhr niederzuschlagen, nachdem Sie mich herausgeholt hatten? Und wie haben Sie —?«

Cardon schüttelte den Kopf. »Spielen Sie sich lieber die Aufzeichnung noch einmal vor und sehen Sie zu, daß Sie in die richtige Stimmung kommen. Vor der Kamera werden wir Sie auf einen Stuhl setzen und in eine Decke wickeln. Es muß so aussehen, als wären Sie aus dem Tal des Todes herausgekrochen, um diese Rede zu halten. Und Sie kriegen einen Ohrhörer, damit Sie sich die Rede anhören können, während Sie sie halten. Chet, das wird eine der größten politischen Reden aller Zeiten —«

18

Literat William R. Lancedale blickte von seinem Schreibtisch auf und begrüßte seinen Besucher lächelnd.

»Hallo, Frank! Setzen Sie sich und lassen Sie sich gratulieren! Ich nehme an, Sie haben die Zahlen erfahren?«

Cardon nickte und ließ sich in den Besuchersessel fallen. »Ich komme gerade aus der Wahlzentrale. Diese automatischen Zählanlagen sind wirklich großartig. Das vollständige Wahlergebnis für den ganzen Staat binnen vierzig Minuten nach Schließung der Wahllokale. Ich will mir die dumme Frage ersparen, ob Sie die Zahlen schon gesehen haben.«

»Das habe ich natürlich verdient«, lachte Lancedale. »Darf ich Ihnen eine Erfrischung anbieten? Einen schönen großen Krug von Cardons Black Bottle zum Beispiel?«

Cardon schauderte und schnitt eine Grimasse. »Ich habe die Brühe den ganzen Tag eimerweise getrunken. Und Pelton gibt heute abend eine Siegerparty, und ich muß noch ein paar weitere Liter hinunterkippen. Geben Sie mir eine Tasse Kaffee und eine von Ihren guten Zigarren.«

Lancedale schnitt eine Grimasse. »Ah ja. Der typische Bierbrauer. Sein eigener bester Kunde. Wie reagiert denn Pelton auf seinen Triumph? Und wie nimmt er denn die Sache mit seinen Kindern auf? Ich habe mir Sorgen darüber gemacht; das sind wahrscheinlich Spuren eines Gewissens.«

»Nun, ich mußte ihn natürlich unter Dampf halten, bis seine Rede zu Ende war«, sagte Cardon. »Chet ist kein besonders guter Schauspieler. Aber nachher habe ich wie ein Beichtvater mit ihm geredet. Ich habe ihm gesagt, was für prächtige Kinder und was für einen großartigen Schwiegersohn er doch hätte. Er wurde richtig wild. Er hat ein paarmal versucht, mich aus dem Haus zu werfen. Ich hatte schon Angst, daß er noch einmal einen Herzanfall bekommen würde.

Aber bis Ralph und Claire aus den Flitterwochen zurückkommen und Ray mit seinem Schnellkurs für das Vorseminar fertig ist, wird er seinen väterlichen Segen erteilen. Ich werde in der Stadt bleiben und ein bißchen aufpassen, und dann nehme ich einen Monat Urlaub.«

»Den haben Sie sich wirklich verdient.« Lancedale füllte Cardons Tasse und reichte ihm die Zigarren. »Und wie ist Peltons Einstellung gegenüber der Vereinigten Illiteratenorganisation jetzt?«

Cardon, der bereits das italienische Stilett in der Hand hielt, um damit die Zigarre anzuschneiden, warf einen prüfenden Blick darauf, um sicher zu sein, daß es wirklich nicht geschliffen war, und machte dann eine Bewegung, als wollte er sich damit den Hals abschneiden.

»Einfach so. Sie wissen doch, was gestern nachmittag im Kaufhaus wirklich los war, oder?«

»Nun, in groben Zügen, ja. Sie könnten mir ja noch einige Einzelheiten berichten, Frank.«

»Einzelheiten will der Mann. Na, meinetwegen.« Cardon blies in seine Kaffeetasse und nahm dann einen vorsichtigen Schluck. »So, wie wir es für die Propaganda hinstellten, gab es natürlich nur einen riesigen Aufruhr, und das Ganze war das Werk der bösen Literaten und ihrer unabhängigen konservativen Marionetten. In Wirklichkeit war das nicht ein Aufruhr, sondern es waren zwei. Zuerst einer, den die Unabhängigen vor etwa einer Woche geplant hatten; das war der, von dem Sforza Wind bekommen hatte. Der, der ›in China‹, also in der Porzellanabteilung anfing. Graves wußte davon. Wenigstens so viel, um Latterman den Rat zu geben, alle Literaten vor Mittag aus dem Kaufhaus abzuziehen, was Latterman auch auf seine Art tat.

Dann war da ein weiterer Aufruhr, hinter dem zwei Leute

aus dem Aktionskomitee der Illiteratenorganisation, Joe West und Horace Yingling, beide inzwischen tot, standen. Das war das Ergebnis von Lattermans raffinierter Idee, Claire und mich oder uns beide dazu zu verleiten, unser Literatentum zu verraten.

Diese Illiteratenfanatiker hatten sich, grob gesprochen, darüber geeinigt, daß die ganze Peltonfamilie Literaten wären, Chet Pelton selbst mitgerechnet. Sie entschieden, es wäre besser, ihren eigenen Kandidaten umzubringen und ihn in zwei Jahren als Märtyrer hinzustellen, statt ihn jetzt zu wählen und zuzusehen, wie er sie verriet. Also steckten sie etwa hundert ihrer Schläger in die Uniformen der Unabhängigen Konservativen, bestellten sich bei Patsy Callazos Bande in Vermont Luftunterstützung und flogen einen Luftangriff auf die Zentral-Landeplattform, nachdem sie einen fingierten Aufruhr in North Jersey begonnen hatten, um die regulären Truppen der Radikalsozialisten dort festzuhalten. Übrigens, als ich erfuhr, daß Callazos Bande die Jagdbomber beigestellt hatte, habe ich eine andere Gang dafür bezahlt, ein paar Bomben auf Callazos Flugplatz zu werfen. Das sollte ihn lehren, künftig seine Nase aus der Politik herauszuhalten.«

Lancedale nickte. »Sehr richtig. Und was ist mit West und Yingling?«

»Prestonbys Muskelmann, Yetsko, hat West getötet. Um Yingling habe ich mich selbst gekümmert, nachdem ich Verstärkung ins Kaufhaus beordert hatte, zunächst ein paar Leute, die die Versicherungsgesellschaft bezahlte, und dann so viele von den Radikalen, wie ich nur zusammentrommeln konnte.«

»Und Pelton weiß das alles?«

»Allerdings! Nach diesem kleinen Zwischenfall ist die Illiteratenorganisation unten durch und kann mit keinem

Penny mehr von den Radikalen rechnen.«

»Nun, das ist so ziemlich die beste Nachricht, die ich bisher gehört habe«, sagte Lancedale. »In acht oder zehn Jahren müssen wir vielleicht die unabhängige konservative Partei wieder sammeln. Bis dahin wird die Öffentlichkeit mit Peltons Programm des sozialisierten Literatentums unzufrieden sein. Länger hält das bestimmt nicht vor. Und wenn die Illiteraten in zwei feindliche Lager aufgespalten sind —«

Cardon leerte seine Tasse. »Nun, Chef, ich muß jetzt gehen. O'Reilly kann mich nur kurze Zeit decken, und ich muß zu dieser Siegesfeier, die Pelton veranstaltet —«

Lancedale stand auf und schüttelte ihm die Hand. »Ich kann Ihnen gar nicht oft genug sagen, wie großartig Sie das gemacht haben, Frank«, meinte er. »Ich hoffe — nein, schließlich kenne ich Sie — ich bin sicher, daß Sie in der Lage sein werden, die Versöhnung zwischen Pelton und seinem Sohn und seiner Tochter und dem jungen Prestonby zuwege zu bringen. Und dann machen Sie Urlaub.«

»Das habe ich auch vor. Ich gehe auf die Hirschjagd. Ich weiß da ein Revier in den Bergen, dort wo früher die Grenze zwischen den Staaten Pennsylvania und New York verlief. Eine kleine Ortschaft von etwa tausend Leuten, wo alle — ich meine Männer, Frauen und Kinder — lesen können.«

Das interessierte Lancedale. »Eine Ortschaft, die nur aus Literaten besteht?«

Cardon schüttelte den Kopf. »Nicht Literaten, einfach Leute, die lesen und schreiben können«, erwiderte er. »Es ist eine ziemlich rückständige Ortschaft, und ich kann mir vorstellen, daß die Leute vor zweihundert Jahren einfach zu arm waren, um eines dieser angeblich progressiven Schulsysteme zu unterstützen, die die Leute in den Städten zu Illiteraten machten. Wahrscheinlich hatten sie nicht genug Geld, um all die teuren audiovisuellen Geräte zu kaufen. Folglich mußten sie alte Lehrbücher benutzen und den Kindern so das Lesen beibringen. Sie haben natürlich Radios und Fernsehen, aber sie haben auch eine kleine Tageszeitung und eine öffentliche Bibliothek.«

Lancedale dachte nach. »Wissen Sie, Frank, es muß eine ganze Anzahl solcher kleiner Enklaven mit Leuten, die lesen und schreiben können, geben, besonders im Westen und im Süden. Ich werde mich darum kümmern, daß man solche Ortschaften sucht und den Leuten hilft und Nachwuchs aus diesen Kreisen holt. Die passen in unseren Plan. Nun, dann sehen wir uns wahrscheinlich morgen, oder?«

Er sah Cardon nach und füllte sich dann ein Glas mit Portwein. Er nahm einen kleinen Schluck und blickte in die rotgoldene Flüssigkeit.

Mehr als dreißig Jahre waren vergangen, seit jener Zeit, da er Assistent des alten Jules de Chambord gewesen war. Und damals war der Plan ins Leben gerufen worden. De Chambord war jetzt zwanzig Jahre tot, und er hatte die Position des alten Mannes eingenommen. Und seitdem hatten sie erst den ersten Schritt getan.

Jetzt würde es schneller gehen, aber dennoch würde auch er sterben, ehe der Plan zu Ende geführt war. Frank Cardon, den er zu seinem Nachfolger bestimmt hatte, würde ein alter Mann sein, und jemand wie der junge Ray Pelton würde sich anschicken, ihn zu ersetzen. Aber der Plan würde weiterlaufen, bis alle Leute wieder lesen und schreiben konnten, nicht bis sie Literaten waren. In jener fernen Zukunft würde es dann wieder Menschen geben, die ihr ganzes Leben lebten, ohne jemals jemanden zu kennen, der nicht lesen und schreiben konnte.

Es waren noch einige Jahre Zeit, um die Vorbereitungen für den nächsten Schritt zu treffen. Die weißen Kassaks mußten verschwinden; die Literaten würden ihre Titel und

Statussymbole abgeben müssen. Die Gewerkschaften würden sich neu konstituieren müssen. Wilton Joyner und Harvey Graves und die anderen konservativen Literaten mußten überzeugt werden — und zwar emotionell ebenso wie intellektuell —, daß ein Wechsel nötig war. Unter den älteren Mitgliedern gab es natürlich einige, die nicht mehr umdenken konnten; sie mußte man in höher dotierte Positionen befördern, ihnen bedeutend klingende Titel, aber dafür keinerlei Autorität geben.

Aber das war alles eine Frage der Taktik. Die jüngeren Männer, Leute wie Frank Cardon und Elliot Mongery und Ralph Prestonby konnten das erledigen. Einige Veränderungen würden eintreten: so zum Beispiel eine stabilere, friedlichere Gesellschaft. Das Gesetz würde wieder herrschen und die Schlägerbanden und Sturmtruppen und Privatarmeen würden aufgelöst werden.

Wenn man damit morgen begann, wenn man die Schlacht in Peltons Käuferparadies benutzte, um die öffentliche Meinung zu mobilisieren, so würden dennoch zwanzig Jahre vergehen, bis sich etwas entscheidend veränderte.

Und dann mußte der wissenschaftlich technische Fortschritt aus seiner Stagnation herausgeführt werden. Heute änderten die Hersteller zweimal im Jahr die Koptermodelle — dabei änderten sich in Wirklichkeit nur die Karosserien und ein paar Chromleisten. Tatsächlich waren es immer noch die gleichen Kopter, die schon zur Zeit des dritten Weltkrieges über das Land geflogen waren. Der Großteil der wissenschaftlichen Forschung wurde heute von einigen wenigen Literaten durchgeführt, die in den Kellergeschossen einiger Bibilotheken arbeiteten und dabei waren, die Wissenschaft der letzten zweihundert Jahre wiederzuentdecken.

Er seufzte und leerte sein Glas. Und dann tat er etwas, was er vermutlich nur alle sechs Monate einmal tat — er schenkte sich nach. An seinem nächsten Geburtstag würde er zweiundsiebzig werden. Vielleicht würde er lange genug leben, um noch den neuen Anfang zu sehen.

Nicolas Freeling

Valparaiso

Ullstein Buch 2819

Eine alte morsche Jacht, das ist Raymond Kapitans Heimat. Mit diesem Boot will er das Ziel seiner unerfüllten Sehnsucht erreichen: Valparaiso. Nur Geld fehlt noch — doch wie man das per Einbruch rasch erhält, weiß die Freundin. Die Tat gelingt, aber die Polizei kommt Raymond auf die Spur. Bei schwerem Sturm flieht er mit der ramponierten Jacht ...

ein Ullstein Buch

Francis Clifford

Die Zeit lauert im Hinterhalt

Ullstein Buch 2775

Der englische Schriftsteller Stephen Tyler wird aus seiner Arbeit unversehens in ein Dreiecksverhältnis hineingerissen. Vorbei ist es mit der Stille der kleinen spanischen Ortschaft, Stephen wird zum Hauptdarsteller des ewigen Dramas Liebe zu dritt. Eiskalt serviert Francis Clifford die gefährlichen Leidenschaften seiner Figuren. Erneut bewährt er sich als Meister des modernen hochgespannten psychologischen Romans.

ein Ullstein Buch

Elleston Trevor

Phönix aus dem Sand

Ullstein Buch 2742

Die Notlandung eines Flugzeuges mitten in der Sahara überleben zwölf von vierzehn Insassen. Viele sind schwer verletzt. Die Männer wissen genau, wie viele Tage sie noch zu leben haben. Ihre Hoffnung auf Rettung von außen ist trügerisch. Es gibt nur einen verwegenen Plan, der sie retten kann — und mit dem Mut und der Ausdauer der Verzweiflung klammern sich die Überlebenden an diesen Plan. Unter dem Druck unmenschlicher Strapazen, im Kampf um Leben und Tod offenbart jeder sein wahres Gesicht: der Feigling, der Ehrgeizige, der Unschuldige, der Besessene ...

ein Ullstein Buch